KB260989

꿈이있어 아름다운
당신의 한걸음

꿈이 있어 아름다운
당신의 한걸음

이금옥 지음
이창호 감수

해피&북스

놓치고 싶지 않은 나의 꿈!

언제 어디서나, 장소와 상대방에 구애 받지 않고 적절하게 활용할 수 있는 셀프리더십은 부모와 자식, 친구 그리고 사회와 직장에서 유용하다.

셀프리더십이란 자신이 설정한 목표와 비전을 이루기 위해 스스로 동기를 부여하고 길을 개척하며 행동을 변화시켜 자신의 목적을 달성해 나가는 과정이다.

21세기를 살아가는 우리에게 변화란 이제 선택이 아니라 생존의 문제이다.

‘내가서야 나라가 선다’는 말처럼 이 책에서는 먼저 나 스스로를 바로세우고 그 힘으로 다른 사람과 조직에 좋은 영향을 미칠 수 있는 리더가 되는 방향을 제안했다. 내가 나를 주도하지 못하면 평생 다른 사람이 주도하는 대로 따라가야만 하는 삶을 살아야 하기 때문이다.

농경산업시대를 살아온 많은 사람들이 대부분 겪어 내야 했던 것처럼 필자도 녹록치 않은 시골 농부의 가정에서 5남매의 막내로 태어나 자라야 했기에 대학은 엄두도 못 낼 형편이었다. 어렸을 때부터 남달리 공부를 잘했고 커서 판사가 되라는 동네어른들의 다부진 기대를 한 몸에 받고 다니던 소문난 모범생이었지만 그건 내가 대학을 진학하는데 그다지 도움이 되지 못하는 조건이었다.

시골학교이긴 했지만 고등학교 때 학생회장까지 맡아 활동했던 필자는 부모님이 걱정하실까 이불을 뒤집어쓰고 울면서도 아프다는 소리조차 하지 못하고 그렇게 대학과 선생님이 되고 싶었던 꿈을 포기하고 직장생활을 했으며, 곧이어 결혼을 하고 두 아이의 엄마로서 평범하게 살아왔다.

하지만 세월이 아무리 흘러도 끝내 가슴에 남아 있는 불씨는 꺼지지 않았다. 스스로의 정체성에 대한 의구심을 내려놓을 수가 없었다. 내 나이 서른셋 나름대로 삼삼한 나이라고 결론을 내린 나는 내 평생 꼭 한번만이라도 강단에 서보고야 말겠다는 일념으로 야간대학 입학이라는 일을 저지르고 말았다.

그리고 이제 30대 평범한 주부가, 그저 누구누구 엄마에서 대중 앞에 서서 꿈과 비전을 이야기하는 그냥 이금옥이 아닌, 전문강사 이 금옥 이라는 브랜드를 지니게 되었다. 물론 쉽지 않은 길이었고 신체의 나이는 40대가 되었지만 말이다. 주변의 80%의 우려와 20%의 격려를 힘 삼아 그렇게 공부를 하던 어느 날 나의 운명을 결정할일이 생겼다. 우연히 내손에 쥐어진 작은 종이 한 장 바로 산업체 강사에 대한 기사였다. 순간 나는 나의 길은 바로 이 길이다! 라고 전광석화처럼 결론을 내려버렸다. 그리고 곧바로 그 길을 향해 돌진했다. 학원을 찾아다니고 틈나는 대로 강의를 들으러 다니고 가족들과 지인들에게 도움을 청했다. "나는 강사로써 성공해서 많은 사람들에게 꿈을 심어줄 거야" 라고 말이다.

　　하지만 가족들과 지인들, 처음 격려를 해주던 20%마저도 이제 우려를 표명했다. "다니던 직장이나 그냥 다니지 그 나이에 무슨… 유명한 사람도 많고 젊고 이쁜 사람들도 얼마나 많은데……." 단 한사람도 나에게 힘을 주는 말은 없었다. 그러면 그럴수록 나의 각오는 다부져갔다. '난 반드시 해 낼 거야. 그래서 반드시 나의 가치를 증명할거야.' 그날부터 내가 볼 수 있는 모든 곳에 다 써서 붙였다. '나는 강사가 될 거야 많은 사람들 가슴에 열정을 지펴줄 강사야' 그리고 누가 뭐라 해도 당당히 나의 꿈을 이야기했고 그때부터 위기를 기회로 만든 사람들의 이야기를 쫓아 다니기 시작했다.

　　성공을 이루어낸 사람들의 이야기를 읽고 학습하면서 고통과 고난 없는 열매는 없다는 것을 가슴에 새기며 회사일 가정일 공부 이 모든 것을 소화해냈다. 하나라도 포기 할 수 없었던 것은 바로 주위사람들에게 들려올 "거봐 그냥 하던 대로 살지 그 나이에 뭐한다고 내 그럴 줄 알았어.”라는 비난의 말이었다. 하지만 그보다 더 큰 힘은 미치도록 강단에 서고 싶은 열망이었다.

지금 나에게 사람들은 말한다. “정말 잘 어울려 정말 잘 선택 했어 난 될 줄 알았어.”라고… 내가 도전의 길을 갈 때 말리는 사람들은 한 번도 그 길을 가보지 못한 사람이거나 아니면 가다가 포기해 완주하지 못한 사람이다.

강사로서의 나만의 브랜드를 찾게 될 수 있었던 것은 바로 내게는 놓치고 싶지 않은 나의 꿈이 있었기 때문이다. 내가 나를 찾고 나를 세웠던 힘을 이 책을 통해 나누어 보고자 한다.

내 몸이 편 한 걸 포기하는 순간 성공의 씨앗은 움튼다.

당신의 모든 목표는 미래형이 아닌 완성형으로, 이루어야 할 것이 아니라 이루어져서 감사 한 것들의 목록이어야 한다. 그리고 매일 꿈이 이루어진 모습을 상상하며 기쁘게 미소 짓는 이미지 트레이닝을 지속 하자.

이 책에서 말하고 있는 내용은 어렵거나 특별한 이야기가 아니기 때문에 하나하나 읽고 실천해나간다면 어느 순간 내가 꿈꾸며 이미지트레이닝 하던 그 모습으로 똑같이 미소 짓는 당신이 현재에 존재하는걸 보게 될 것이다. 당신이 열정과 품위 있는 명품브랜드로 거듭나는데 함께 더불어 아름다운 동행이었으면 하고 소망해 본다.

이 책이 세상에 나올 수 있도록 여러모로 도움을 주신 많은 분들께 진심으로 감사드리며 특히 직접 감수를 해주시고 조언을 아끼지 않으신 이창호 박사님! 그리고 정성껏 출판해 주신 이규종 사장님께 깊은 감사를 드린다.

이 한권의 책이 독자여러분의 열정에 마중물이 되었으면… 세상의 축복이 이 책을 읽으시는 모든 분들과 함께하였으면… 참 좋겠습니다.

2011년 봄날 세상만물에 감사하며

이금옥

목차

1

내가 이루어야 하는 꿈의 목적은 무엇인가?

요즘 많은 사람들이 꿈이 없는 인생을 살아간다. 그들에게 왜 사느냐고 물어보면 습관적으로 "인생 별거 있어? 그냥 사는 거지."라며 무심하게 대답한다. 또 한편으론 "먹고살기도 바쁜데 꿈은 무슨 얼어 죽을 꿈이야."라고 체념하듯 말하는 사람도 있다. 하지만 현실에서는 꿈은 없어도 되는 존재가 아니다.

월트 디즈니는 꿈을 꿀 수 있다면 이룰 수도 있다고 말했다. 꿈을 갖지 않고는 성공을 누릴 수 없다. 꿈이 없다면 행복한 성공을 차지할 수도 없다. 극 작가인 버나드 쇼는 "꿈은 아주 하찮은 것도 위대하게 만들어주며, 행복한 사람도 훌륭한 인간으로 바꾸어준다.”고 했다. 꿈은 인생이라는 배를 인도하는 나침반이며 등대와도 같은 것이다.

대중가수 인순이가 부른 ‘거위의 꿈’이라는 노래의 가사 중에 ‘난 꿈이 있어요. 그 꿈을 믿어요. 나를 지켜봐요. 저 차갑게 서 있는 운명이란 벽 앞에 마주칠 수 있어요. 언젠가 난, 그 벽을 넘고서 저 하늘을 높이 날을 수 있어요.’라는 가사가 나온다. 거위가 하늘을 날고 싶어 부단히 노력한 것처럼 꿈은 피나는 ‘노력’을 불러오고, 그 노력은 하나의 좋은 ‘습관’이 된다.

간절히 원하는 것은 얻어진다는 법칙을 우리는 ‘끌어당김의 법칙’이라고 한다. 꿈꾸는 것을 멈추지 말아야 한다. 꿈꾸기를 멈추는 순간, 인생이라는 언덕에서 뒷걸음을 치게 된다.

인생의 성공을 꿈꾸는 사람들이 쉽게 하는 말로 3년의 법칙, 10년의 법칙, 20년의 법칙이라는 게 있다. 한 분야에 3년을 지속적으로 투자하면 전문가 소리를 들을 수 있고, 10년을 파고들면 성공이 보이며, 20년을 투자하면 정상에 설 수 있다는 법칙이다. 생각이 행동을 만들고 행동이 성공을 만드는 것이다.

많은 사람들은 성공하기 위해 꿈을 가져야 한다고 말한다. 꿈은 사람들을 격려하고 이끌어간다. 꿈을 향해 가는 사람들은 시간을 허비하지 않으며 언제나 활기차고 부지런하다. 그런데 꿈을 이루기 위해서는 인생을 걸어야 할 경우도 있다. 그리고 꿈을 이루었는지 그렇지 못했는지에 대해 냉정하고 정확한 평가를 내릴 수 있기까지는 꽤 긴 시간이 걸린다. 그러므로 꿈의 목적은 명확해야 한다. 만약 그렇지 못하다면 전혀 다른 방향으로 갈 수도 있기 때문이다. '늦었다고 생각할 때가 가장 빠른 때'라는 명언은 정말 옳은 말이지만 불확실한 꿈을 따라갔다가 잘못되었다는 것을 깨닫고 완벽히 돌이키거나 회복하려면 엄청난 대가를 치러야 함 또한 사실이다. 그런 의미에서도 꿈의 목적은 명확해야 한다.

꿈과 목표에 대해 많은 현인들이 우리에게 훌륭한 제안을 하고 있지만 그 중에서 '펠로우십 조이 교회'의 '월트 캘러스태드(Walt Kallestad) 목사가 꿈에 관해 한 말은 상당히 진지하게 들어야 할 필요가 있는 말이다.

"꿈의 목적을 분명히 하라! 꿈의 목적을 흐릿하게 만드는 것이 하나라도 있다면 그것이 무엇이든 제거해야 한다. 날마다 아래의 질문을 하며 꿈의 목적을 분명히 해야 한다."

① 왜(Why) – 나의 꿈이 중요한가?

② 누구에게(Who)-나의 꿈이 가장 큰 혜택을 줄 것인가?

③ 어떻게(How)-나의 꿈이 실현될 것인가?

④ 어디가(Where)-나의 꿈의 목적지인가?

⑤ 무엇이(What)-내 꿈에서 가장 중요한가?

⑥ 언제(When)-내 꿈이 성공할 것인가

1. 꿈의 사람이 되어라

　　누구나 그 꿈이 성취되기 전에 당신을 그 꿈의 사람으로 만든다. 하지만 꿈을 성취하는 건 바로 당신 자신이다. 아무도 자기의 됨됨이를 초월해서는 좋은 결과가 빚어지지 않기 때문이다. 그러므로 스스로 꿈의 사람이 되기 위해서는 꿈을 가진 사람은 필연적으로 거쳐 가야할 과정이 있다. 그 과정이 무엇인가? 바로 인내와 노력, 그리고 성실이다. 이 과정은 마치 땅속에 묻힌 원석에서 보석을 얻어내는 것과 같다. 연마되고 다듬어져야만 그 가치가 올라간다. 우리는 모두가 태어날 때 하나의 원석으로 태어난다. 즉, 무한한 가능성을 가지고 있다는

것이다. 그것이 연마되면 아름답고 값비싼 보석이 되지만 그
렇지 못한 원석은 세월이 흐르면 저절로 사라지게 될 것이다.
꿈도 마찬가지다. 꿈은 과정을 통해서 삶으로 변해간다. 그 과
정엔 시간과 환경, 그리고 인생의 여러 문제들에 대한 실제적
인 직면이 요구된다. 꿈을 이루는 사람이 되기를 원한다면 우
리는 기꺼이 '세워져가기'를 열망해야 한다.

프레드c. 레니크는 '끌과 돌이 만날 때'라는 글에서 다음과
같이 말한다. "미국의 식물학자 중에 선인장에 대해서 깊이 연
구한 바아 뱅크라는 분이 있습니다. 선인장은 습기가 적은 모
래밭에서, 사막 같은 데서, 또는 짐승들이 식물을 뜯어먹는 위
험한 곳에서도 잘 자랍니다. 왜냐하면 자기를 보호하는 많은
가시가 있기 때문입니다. 바아 뱅크는 선인장을 아주 색다른
환경으로 옮겨 심는 실험을 했습니다. 따스한 햇살이 비취는
곳에, 집어삼키는 어떤 맹수도 없는 곳에, 습기가 적절하게 잘
조절되는 곳에서 선인장을 키워 보았습니다. 그가 16년 동안
선인장을 실험한 결과 좋은 환경에서 자란 선인장에는 날카로
운 가시가 아니라 비로드처럼 부드러운 수염이 나온다는 사실
을 알았습니다. 그 가시는 환경에 적응하기 위해서 자연적으

로 생긴 자기보호의 수단이라는 것입니다."

성공을 위해 가는 지름길이 있다면 그것은 분명히 고난이고 도전이다. 고난이 심해지면 눈앞에 성공이 기다리고 있음을 잊지 말자. 인생은 꿈과 시련 속에 성공이라는 좋은 열매를 맺는다.

●

2. 목적의식을 갖자

꿈을 이루기 위한 제1조건은 목적의식이다. 무슨 일이든지 왜 해야 하느냐는 물음에 대답할 수 없으면 실패한다. 설사 성공하더라도 의미와 가치가 없기 때문에 곧 무너지고 만다. 누가 뭐라 해도 끝까지 밀고 나갈 수 있는 확고부동한 목적이 모든 삶의 원동력이다.

'대충 내가 원하는 것이 이런 것 아니겠어? 이 정도 하면 된 것 같은데….' 이런 생각을 갖고 있다면 당장 버려야 한다. 절대 꿈에 도달할 수 없기 때문이다. 자기를 지키고 자기를 독려할 수 있는 사람만이 꿈에 이르는 명확한 지도를 소유하게 되며 그 사람들만이 꿈에 이르게 된다.

성공을 향해 가는 여정에서 절대 하면 안 되는 말이 있다.

"어떻게든 되겠지."

환경을 받아들이고 순응해서 살 수 있게 할지는 몰라도 이 말을 내뱉는 순간 성공에 이르는 길을 막아서는 숱한 장애물들은 더욱 굳건히 자리를 잡아버릴 것이다. 결코 이겨낼 수 없을 것이고 목표에 한 번도 도달하지 못할 것이다. 그것은 분명하다. 왜냐하면 목표를 향해 가는 동안 닥쳐오는 수많은 도전들은 월트 캘러스태드의 말에서처럼 순식간에 목표를 희뿌연 안개 속으로 밀어 넣어 버리기 때문이다. 그냥 그 자리에 멈추게 되고 그 상태에 만족하게 만들어 버리기 때문이다.

명확한 목표만이 갈 길을 보여주고 얼마만큼 도달했는지 판단하게 한다. 날마다 자신을 점검하며 현재의 위치와 목표를 살피고 어떤 노력을 더 해야 하는지 끊임없이 연구하지 않는다면 꿈은 이미 내 것이 아닌 것이다.

3. 명확한 꿈의 목적은
   어떤 환경보다 우월하다

유태인으로 실존주의 상담이론을 연구하던 빅터 프랭클 (Victor Frankl)이라는 비엔나대학의 심리학 교수가 있었다. 그는 학자로서 훌륭한 성과를 이루며 의미 있는 삶을 살고 있었다. 그러나 2차 대전 중 유태인이라는 이유로 아우슈비츠에 끌려가면서 그의 삶은 완전히 바뀌고 만다. 가족과의 이별, 날아가버린 직장, 종이쪽지가 돼버린 연구 논문들.

그뿐이 아니었다. 아우슈비츠에서의 삶은 늘 죽음이 코앞에 있었다. 그야말로 모든 것을 박탈당했다. 심지어는 품위 있게 죽을 권리조차도 없었다. 그는 그 죽음의 수용소에서 가족을 생각하며 꼭 다시 돌아가 행복하게 살 것이라고 다짐하고 또 다짐했다. 그러나 그것은 잠시의 희망이었다. 모든 환경은 그를 더없는 절망으로 이끌어 갔다.

그러다가 그는 생각했다.

'저 흉악하고 무자비한 독일제국을 저주하고 가슴에 한을 품는다면 나는 결국 이곳에서 죽고 말 것이다. 하지만 나는 살아야 한다. 그러기 위해서는 살아야할 이유와 의미를 찾아야 한다. 날마다 동료들이 죽어간다. 나는 무엇을 바라며 살아야 하는가? 저들은 고통과 질병 때문에 죽는 것이 아니다. 그 고통 속에서 절망하여, 죽는 것이 차라리 낫겠다고 생각했기 때문에 죽는 것이다.'

죽어가는 사람들이 죽는 것은 결국 죽음을 선택했기 때문이라고 그는 결론 내렸다. 그리고 자신은 삶을 선택하기로 마음 먹었다. 살아야 하는 이유도 명확히 가슴에 새겼다.

'지식인으로서, 심리학자로서 나는 저들의 만행을 후일 책을 써서 낱낱이 고발하리라. 그리고 마침내 죽지 않고 살아서, 인간의 의지와 결단이 죽음도 극복하게 한다는 사실을 증명해 보이리라. 이것이 환경을 초월한 인간의 인간됨이란 사실을 몸

으로 선포할 것이다.'

그는 다른 포로들보다 건강이 나빴음에도 결코 쓰러지지 않았다. 수많은 포로들이 의미 없는 노동 속에서 절망으로 병들어 갔지만, 그는 살기로 결단한 후로 노동 역시 살아남기 위한 운동으로 여겼다. 중노동을 하면서도 몸의 근육을 골고루 사용하기 위해 자세를 바꿔가며 열심히 일했다. 그의 눈은 생기로 빛났고 머릿속에는 독일의 만행을 쉴 새 없이 기록하며 하루하루 최선을 다해 살아갔다. 결국 그는 살아남았고 자신의 뜻을 이루었다.

꿈의 목적이 명확하다면 어떤 어려움과 좌절도 이겨낼 수 있다.

당신이 이루어야 하는 꿈의 목적은 무엇인가?

2
성공의 시작은
믿음이다

오늘날 너무 많은 사람들이 자신을 믿지 못한다.

그리고 실패할까 두려워한다.

심지어 터널 끝에 빛이 보여도

그것을 자신에게 달려오는

기차로 생각하고 절망하고 만다.

항상 부정적인 측면만 보는 것이다.

그러나 현실은 오히려 자신을 신뢰하지 못해

실패하는 사람들이 더 많다.

자신을 믿는 약간의 신뢰만 있어도

엄청난 일을 해낼 수 있다.

하지만 그렇지 않으면

정말 곤란한 상황에 빠지고 만다.

* 존 맥스웰의 『위대한 영향력』에서 발췌

1. 성공은 반드시 온다

　꿈에 대한 목적이 분명해졌다면 이제 그 꿈을 이룰 수 있다는 것을 믿어야 하는 단계이다. 성공한 사람들의 공통점은 하나같이 고난과 역경이 있었다는 것이고 또 하나의 공통점은 그것을 극복하고 이겨냈다는 것이다. 성공하고 그렇지 못하고의 차이는 여기에서 생긴다. 그렇다면 과연 누구에게나 올 수 있는 고난과 역경을 어떻게 이겨냈으며 그 원동력은 무엇일까? 그것은 성공에 대한 믿음이다. 공부를 하든 장사를 하든 어떤 단체를 운영하든 자신이 성공할 것이라는 믿음이 반드시 필요하다. 성공을 가장 확신해야 하는 사람은 바로 자신이다. 모든 일은 생각에서 시작하며 그 마지막에 성공이 있다는 것을 기억해야 한다. 그것이 역경을 이겨내게 하고 성공으로 한 걸음 한 걸음 다가가게 하는 힘이 된다.

존 맥스웰은 믿음에 대해 이렇게 설명했다.

"누구나 자기 안에 위대함의 씨앗을 품고 있다. 비록 그 씨앗이 아직 싹을 틔우지 못했다 하더라도 누군가 믿어주면 그 씨앗에서 싹이 돋아나게 마련이다. 한번 믿어줄 때마다 생명의 물과 온기, 음식, 햇빛을 주는 것이다."

2. 나는 할 수 있다

'미국 비즈니스 명예의 전당 헌액'

'포춘지가 뽑은 500대 우수 기업'

'가장 일하고 싶은 미국 100대 기업'

'여성을 위한 10대 기업'

미국의 화장품 회사 '메리케이코스메틱 社'에 관한 말이다. 창업자는 미국에서 가장 영향력 있는 여성 중 한 명인 메리 케이 애쉬다. 그녀는 자신에 대한 믿음이 누구보다도 확실했던 사람이라고 할 수 있다. 넉넉하지 못한 가정에서 태어났지만 기업을 일으키고 성공시킨 그의 삶의 바탕엔 언제나 자신에 대한 믿음이 있었다.

　1918년 텍사스 주 휴스턴에서 태어난 그녀는 아주 힘들고 불우한 어린 시절을 보냈다. 일곱 살 때 아버지가 결핵에 걸려 일손을 놓아야 했기 때문에 어머니가 가족의 생계를 책임져야만 했다. 아무리 기회의 땅인 미국이라지만 아무 자격 없는 여성이 한 가정을 걱정 없이 부양한다는 것은 어려운 일이었다. 어머니는 휴스턴의 레스토랑에서 지배인으로 일했는데 이름만 지배인이었을 뿐 생활하기에 절대 부족한 보수를 받고 있었다. 게다가 일은 엄청나게 많았다.

　어머니는 새벽에 집을 나가 저녁 9시가 넘어서야 돌아오곤 했다. 메리 케이는 하루 종일 얼굴을 보지 못할 때도 많았다. 그래서 어린 나이에도 불구하고 어머니를 대신해 집안일을 해야 했고, 아버지도 간호해야 했다. 어머니가 늦게 들어오는 날에는 가끔 저녁도 혼자 준비해야 했다. 메리 케이는 그때마다 어머니에게 전화를 걸어 어떻게 해야 하는지를 물었다. 식사 준비를 하는 일이 어린 소녀가 하기에는 너무 벅찬 일이라는 것을 어머니는 알고 있었기에 그녀가 해야 할 일을 알려주고

●

꼭 격려를 해주었다.

"메리 케이, 넌 할 수 있어."

이런 여건으로 인해 일곱 살짜리 어린 아이는 그 나이 또래의 아이들이 하기 힘든 일들을 배워 나갔다. 메리 케이는 생필품을 사기 위해 혼자 전차를 타고 휴스턴 시내를 돌아다녔다. 처음에는 전차를 제대로 탈 수 있을지, 길을 잃어버리는 것은 아닌지 걱정을 하기도 했다. 그때 어머니의 말이 떠올랐다.

"메리 케이, 너는 할 수 있어."

어머니는 언제나 확신을 가지고 이 말을 해주었다. 물론 어머니도 연약한 어린 딸이 겪어야 할 어려움에 대해선 잘 알고 있었다. 그러나 마음속의 걱정을 겉으로 드러내지 않고 지속적으로 용기를 불어넣어 주었다.

"남들이 할 수 있는 일이라면 너는 더 잘 해낼 수 있어."

그때의 어머니 말씀이 평생 동안 그녀를 지탱해 주었고, 세상 모든 여자들의 리더가 될 수 있도록 큰 힘을 주었다.

"너는 할 수 있어 You can do it."

이 말은 나중에 메리케이코스메틱 社의 사훈이 된다. 댈러스에 있는 메리케이 본사를 가보면 땅벌 모양 다이아몬드 핀을 꼽고 다니는 여성을 많이 볼 수 있다고 한다. 그들은 업적이 훌륭한 컨설턴트들이다. 뛰어난 성과를 올린 사람들에게만 주는 상징인 것이다. 그 핀을 땅벌 모양으로 만든 데에는 이유가 있다.

기체역학을 연구하는 사람들이 땅벌을 관찰하며 내린 결론에 따르면 이 곤충은 생태적 조건이 나는 데 적합하지 않다고 한다. 날개는 너무 작은 반면 몸통은 너무 크다는 것이다. 그러나 땅벌이 날아다닌다는 것을 의심하는 사람은 아무도 없다. 메리 케이는 그것을 보고 기적이라는 것을 생각했다.

세상의 모든 조건이 적합하지 않더라고 스스로 할 수 있다고 생각하면 할 수 있는 것이다. "땅벌은 큰 욕심을 부리지 않지만 열심히 날아다니는 것을 보면서 여성에게 적합한 상징이라고 생각했어요. 환경은 할 수 없다고 말하는 듯해도 땅벌은 날 수 있다고 생각하고 그저 날아다니는 것이에요." 메리 케이의 말이다.

자신을 믿는 것에 대해 메리 케이는 또 하나의 명언을 남겼다. 1985년 뉴욕타임스와 인터뷰에서 한 말이다.

"만약 당신이 할 수 있다고 생각한다면 원하는 것을 얻을 수
있습니다. 그러나 할 수 없다고 생각한다면 절대 얻을 수 없
습니다."

자신을 믿는 다는 것, 그것은 꿈을 이루는 첫걸음이다. 그
러나 시작이 반이라는 말처럼 이것은 성공을 향한 여정의 반
을 차지한다. 스스로를 믿지 못하고는 절대 꿈을 이룰 수 없
다. 엄청난 성공을 이룬 사람들은 모두 이 믿음에서 시작했다.

3. 상대를 믿어라

① 생사를 같이하는 신뢰

곡예사 '블롱댕'이라는 사람이 있다. 이 이름을 아는 사람은 몇 없을 것이다. 그러나 '사람을 업고 나이아가라 폭포를 건넌 사람'이라고 하면 기억하는 사람이 많을 것이다. 1824년에 태어나 1897년까지 사는 동안 블롱댕은 수많은 곡예를 했다. 그 중에서 줄타기의 달인이라 할 수 있을 정도로 줄타기 곡예에 능했다. 1859년 그는 그의 곡예를 나이아가라 폭포에서 보여주기로 마음먹는다. 그 도전에서 그는 당당히 성공했다. 그 후에도 여러 번 나이아가라를 건넜는데 수레를 들고 건너기도 하고 눈을 가리고 건너기도 하고 죽마를 타고 건너기도 했다.

그러나 사람들이 기억하는 것은 단 하나, 사람을 업고 건넌 것이다. 정말 위험천만한 일이기 때문이다. 만약 실수해서 떨어진다면 블롱댕이나 업힌 사람 모두 죽고 말 것이다. 사람들은 블롱댕보다 그의 등에 업힌 사람에 대해 더 궁금해 한다. 과연 그 사람은 누구일까? 그리고 그 사람은 어떤 심정으로 업혀 있었을까?

파트너에 대한 신뢰에 대해 블롱댕의 예보다 더 명확히 설명할 수 있는 것은 아직 발견하지 못했다. 생사를 같이 해야 하는 파트너보다 더 신뢰를 필요로 하는 파트너는 없지 않겠는가.

블롱댕의 등에 업힌 사람의 마음이 편안했다고 하면 거짓일 것이다. 말할 수 없이 불안했을 것이고 도중에라도 그만두고 싶었을 것이다. 다시는 나이아가라에 오기 싫었을 수도 있고 불롱댕의 이름조차 역겨워 했을 수도 있다. 그러나 그는 블롱댕의 등에 업혔고 무사히 폭포를 건넜다. 끝까지 살아 있었다. 그것은 불안을 극복하고 서로를 믿었기 때문에 가능했을 것이다.

함께하는 사람과는 이런 신뢰가 형성되어 있어야 한다. 함께할 파트너를 고를 때는 그만큼 신중해야 한다. 정말 생사를 같이 할 수 있을 만한 사람인지 잘 살피고 생각해야 한다. 그리고 일단 함께 하기로 마음먹었다면 믿어야 한다. 혹시 발을 헛디디면 어떡할까? 재채기라도 하면 어떻게 될까? 날 업고 건널 수 있는 힘이나 있을까? 이런 의심을 하기 시작하면 끝도 없을 것이다.

'블롱댕은 날 충분히 업을 힘이 있고 절대 실수하지 않을 것이며 침착하게 잘 해낼 것이라고 믿어. 그러니까 나도 그가 불안해지지 않도록 최선을 다해서 움직이지 않고 매달려 있어야 해.' 업힌 사람은 이렇게 생각했을 것이다.

업은 사람이든 업힌 사람이든 서로 믿어야 한다. 상대방에 대한 신뢰는 반드시 동시에 이루어져야 한다. 일방의 신뢰는 불안정을 야기하고 나이아가라 폭포와 같은 상황에서 불안정은 실패를 의미한다. 위기일수록 상호 신뢰는 더 필요한 것이며 그만큼 더욱 큰 능력을 발휘할 것이다.

꿈을 이루는데 꼭 필요한 것은 파트너이고 팀이다. 이들은 결승점까지 함께 가야 한다. 그런 관계에서 상호 신뢰는 더없이 중요한 필수조건이다. 상대방에 대한 신뢰는 함께 일할 때 발휘해야 할 필수적인 자질인 것이다.

② 신뢰는 진심으로 믿는 것이다

1800년대 말 한 세일즈맨이 미국 동부를 출발해서 대초원 지대에 있는 국경 마을에 도착했다. 한 가게에 들어가 주인과 한참 이야기를 나누었는데 그때 목장 주인 한사람이 들어왔다. 가게 주인은 그에게 다가갔다. 세일즈맨은 우연히 둘의 대화를 듣게 되었다. 목장 주인은 지금 외상을 해달라고 부탁을 하는 중이었다.

가게 주인이 말했다.

“제이크 씨, 이번 여름에 울타리를 칠건가요?”

“당연히 그래야죠, 빌 씨.”

“울타리를 넓힐 건가요, 좁힐 건가요?”

“넓힐 겁니다. 강 건너까지 백만 평방미터 정도 확충할 계획입니다.”

“그렇군요. 알겠습니다. 외상을 해드리지요. 가서 필요한 물건을 골라 가십시오.”

세일즈맨은 궁금했다. 그래서 물었다.

“도대체 무엇을 믿고 외상을 주는 겁니까?”

“네, 말씀드리지요. 울타리를 줄이는 사람은 소극적이지요. 현재 가진 것을 지키려는 사람입니다. 반면 넓히는 사람은 발전을 꿈꾸는 사람이지요. 꿈꾸는 사람은 노력하게 마련입니다. 저는 넓히는 사람에게만 외상을 줍니다. 그런 사람은 자신이 해낼 수 있다고 믿기 때문이지요.”

상대방을 신뢰한다는 것은 단순한 말장난에 의해 일어나는 일이 아니다. 행동으로 그것을 증명해야 할 필요가 있다.

퍼카이저 교수는 이렇게 말했다. “신뢰는 그저 사실이라고 생각하는 것 이상이다. 신뢰는 행동으로 옮길 정도로 믿는 것이다.”(W. T. Purkiser, 포인트로마대학 명예교수)

랄프 왈도 에머슨도 신뢰에 대해 중요한 이야기를 했다.

“남을 믿어주면 그는 당신을 진심으로 대할 것이다. 그를 위대한 사람으로 대하면 그는 정말로 위대한 사람이 될 것이다.”

사람은 훌륭한 자질을 가지고 있더라도 완전하지 않다. 그

능력과 재능은 그를 신뢰하는 사람을 만났을 때 비로소 완성
된다고 할 수 있다.

③ 상대방을 믿는 법 - 성공하기 전에 믿기

박지성 선수는 이제 누가 뭐라 해도 세계적인 축구 스타다.
히딩크 감독은 청소년대표도 거쳤고 자질은 있는 선수였으나
두각을 나타내지는 못했던 그의 잠재력을 꿰뚫어보고 그를 세
계적인 선수의 반열에 올려놓는 데 큰 공헌을 한 사람이다. 히
딩크는 박지성 선수에겐 더없이 고맙고 중요한 사람일 것이다.

그런데 그보다 먼저 박지성을 알아본 사람이 있다. 박지성
의 속에 감춰져있던 가능성을 가장 먼저 알아본 사람이라고도
할 수 있다. 그는 바로 일본 프로축구 교토상가의 기무라 분지
단장이다. 그는 2000년 봄 선수들을 영입하기 위해 우리나라
에 왔었다. 스카우트 대상은 성남이었다. 그런데 연습경기의
상대로 나왔던 명지대 선수들 중 눈에 띄는 선수가 있었는데
그가 바로 박지성이었다. 당시 거의 알려지지 않았던 박지성
의 몸놀림과 축구 센스 등을 보고 그는 박지성이 대성할 선수
라는 것을 알아채고 바로 영입을 결정했다고 한다.

그리고 기무라 단장과 박지성은 파트너로서 계속 좋은 관계를 유지하게 되었다. 박지성이 있을 때 교토상가는 일본리그 5위에 올랐고 일왕배 대회 우승컵을 거머쥐었다. 믿어 준 단장에 대한 선수의 보답이었다고 할까.

지금의 박지성을 영입한다는 것은 보증수표나 다를 바 없다. 그의 실력은 누구나 아는 것이기 때문이다. 그러나 당시에는 박지성이라는 선수가 잘할 수 있을지 그저 그런 선수로 끝날지 알 수 없는 상황이었다. 그럼에도 그를 발탁하여 프로선수로 키운 것은 신뢰였다.

상대방에 대한 믿음은 성공하기 전에 결정되어야 한다. 그것은 어떤 결정보다도 어려운 것이지만 반면 동기유발을 하는 데 키포인트이기도 하다. 아직 완성되지 않은 상대방에 대한 믿음은 용기를 만들어내고 그 용기는 꿈을 이루어 나가는 긴 여정에서 가장 필요한 덕목이 된다.

상대방을 믿으려면 성공하기 전에 믿어라!

3

'나'라는 상품에 유통기한과 사용가치를 측정하라

유통기한이 지난 식품은 편의점에서 반품된다. 물품을 공급하는 차가 오면 주인은 분류해 둔 반품을 그 차에 실어 보낸다. 그리고 새 제품을 받는다. 이렇게 편의점에는 언제나 유통기한이 아직 남은 신선한 식품들만 손님들을 기다린다.

인생에도 유통기한이 있다. 뛰어난 능력을 발휘하던 사람들도 언젠가부터 존재가치가 떨어지며 그가 속한 곳에서 영향력을 발휘하지 못하게 되는 때가 있다. 사람들은 자신에 대해 정확히 알아야 할 필요가 있다. 유통기한 내에 자신이 할 수 있는 모든 일을 해내야 한다. 꿈에 이르는 길은 결코 만만하지 않다. 자신에 대한 철저한 반성과 분석이 없이는 꿈을 성취하지 못하고 세상과 작별하기 십상이다.

'나'라는 상품의 유통기한과 가치를 확대시키기 위해서는 부단한 노력이 필요한 것은 물론이다. 그리고 자신이 누구인지, 어떤 역할을 해야 하는지, 어디까지 해야 하는지, 어떻게 스스로를 개발해 나가야 하는지에 대해서 알 필요가 있다.

1. 영웅이 되라

최근 발표된 영화중에 영웅에 관한 이야기가 많다. 아이언맨을 비롯해서 배트맨, 판타스틱 시리즈, 스파이더 맨 등 계속해서 그런 류의 영화들은 나오고 있다. 영웅은 언제나 사람들의 마음속에 자리 잡고 있고 환상의 나래를 펼치게 한다.

이런 영화들이 많이 나오는 이유로 실제 삶에서는 영웅이 없기 때문이라는 의견이 지배적이다. 현대화되고 개인화되어 있으며 온라인을 통해 세상과 소통하는 세상에서 남을 위해 온몸을 바쳐 일하는 영웅들이 없어지는 건 당연한지도 모른다.

그러나 정말 영웅이 없는 것은 아니다. 우리 삶의 곳곳에 영웅은 존재한다. 영웅은 개인의 장점을 일깨워주고 모범적인 삶이나 성품을 통해 진실한 자아를 찾도록 영감을 불어넣어주며 무한한 사랑과 존경을 받는다.

그런 영웅들은 자신의 삶이 어떠해야 하는지에 대해서도 미리 설계도 해놓고, 또한 자신이 누구이며 어떤 역할을 해야 하는지 정확하게 알고 있다.

① 마이클 조던Michael Jordan

1990년대 최고의 스포츠 스타를 꼽으라면 열에 아홉은 마이클 조던을 꼽지 않을까? 1998년 그가 NBA에서 은퇴할 때 많은 사람들은 그를 농구 역사상 가장 훌륭한 선수로 평가했다. 이는 그의 동료뿐만 아니라 농구를 아는 거의 모든 사람들의 평가였다.

마이클 조던은 위대한 운동선수의 천부적인 조건을 타고났다는 것은 말할 필요도 없다. 그가 경기하는 것을 보았다면 그의 몸은 농구에 가장 적합하다는 것을 한눈에 알게 될 것이다. 그는 농구공을 마음대로 쥘 수 있는 큰 손을 가졌고 다리는 점프하는 데 알맞게 튼튼하며 유연했다. 그러나 미국 NBA에는 조던과 같은 신체를 가진 선수는 너무도 흔하다. 세계에서 가장 훌륭한 선수들이 모여 있는 곳이기 때문에 그들의 신체 조건은 크게 차이가 나지 않는다. 오히려 조던보다 더 훌륭한 선수들도 즐비할 것이다.

그러나 그 누구도 조던과 같은 업적을 이뤄내지는 못했다. 왜일까?

그는 신체적 조건을 갖춘 것이 아니라 영웅적 자질을 가졌다고 하는 것이 옳다. 조던이 속해 있던 시카고 불스는 타의 추종을 불허할 정도의 실력으로 승승장구 했다. 조던은 어느 경기에서나 뛰어난 활약을 했음은 두말할 필요도 없다. 특히 1998년 챔피언 결정전의 6번째 경기에서 조던은 그의 모든 것을 보여주었다. 상대는 항상 경쟁관계에 있던 유타 재즈였다. 게임은 43초를 남기고 유타가 앞선 상태였다. 그 상태로 계속 시간은 흘러 종료 5초를 남기고 유타는 여전히 1점을 앞서고 있었다. 5초에 무슨 일이 벌어질 거라고 생각하는 팬들은 거의 없었다. 팬들이나 선수 모두 포기 상태.

그러나 마지막 순간 조던은 상대 선수 칼 말론이 가지고 있던 공을 그야말로 전광석화처럼 가로채 순식간에 골을 성공시켜버렸다. 얼어붙은 장내. 곧이어 환희에 넘친 열광이 이어진다. 거기서 끝났다. 시카고 불스는 4승2패로 그해 챔피언 결정전에서 우승했다.

마지막 순간까지 집중력을 잃지 않았던 조던의 그 불타는 눈을 본 사람들은 그가 진정한 영웅이라는 것을 느꼈을 것이다.

자기가 누구인지, 어디로 가야 하는지, 자기가 어떤 일을 해야 하는지 그는 정확하게 알고 있었던 것이다. 그는 팀의 에이스였고 팀은 위기에 빠져있었다. 그는 팀을 구해야 하는 역할을 맡아야 했고 그는 기회를 잡아야 했다. 포기는 일렀다. 끝날 때까지 끝난 것은 아니다. It's not over till it's over. 영웅은 그 기회를 잡기 위해 눈을 부릅뜨고 공을 노려보고 있었고 천하의 칼 말론이 공을 잡았지만 그에게는 빈틈이 보였던 것이다. 마침내 그는 공을 가로챘고 팀은 승리했다.

② 마더 테레사 Mother Theresa

150cm의 단신에 평생 50kg을 넘지 않은 조그만 여인이었으나 세계적인 영향력을 지닌 인물. 바로 마더 테레사다. 그녀는 유고슬라비아에 속한 마케도니아의 스코플레의 보잘 것 없

는 집안에서 태어났다. 고등교육도 받지 못했고 영리하지도 현명하지도 않아 보였다.

소위 말하는 스펙이 형편없는 사람이었다. 그러나 사람들은 그녀를 추앙하기까지 한다. 아무것도 가진 것이 없는 그녀를 사람들은 영웅이라고 부른다. 어떤 점 때문일까?

그것은 '헌신'이다. 1929년 그녀는 캘커타의 한 여학교에서 교사로 사회생활을 시작했다. 인도 민중들의 비참함과 고통은 그녀에게 큰 충격을 주었고 그녀는 그들의 고통을 덜어주려 온 힘을 쏟았다.

1946년 9월 10일 테레사 수녀는 결핵이 걸려 요양차 여행을 하던 중 인도 다르질링으로 가는 긴 기차여행을 하게 되었다. 거기서 그녀의 인생을 송두리째 바꿔버린 영적인 경험을 한다.

"나는 병든 자, 죽어가는 자, 헐벗은 자, 집 없는 자들을 보살피는 것, 즉 가난한 사람들 중에서도 가장 가난한 사람들에게 신의 사랑을 미치게 하라는 부르심을 받았다."

테레사 수녀는 그것을 박애선교라고 했다. 그녀는 단순히 빈민을 돕는 일에 끝나지 않고 교황청을 찾아가 따로 수녀회를 설립할 것을 요청했고 끝내 허락을 받아 인도에서 빈민들의 육체적, 영적 고통을 씻어주면서 평생을 보냈다.

테레사 수녀는 버려진 힌두사원을 구입해 칼리가트의 집을 만들었다. 그리고 거기서 4만2천여 명을 돌보며 보살폈다. 1만9천여 명이 죽어 나가기도 했지만 그래도 그들은 사랑과 보살핌 속에서 죽음을 맞이했다.

그녀의 목표는 인도 빈민들을 돌보는 것이었고 그것을 위해 자신은 어떤 준비를 해야 하고 어떤 영향력을 주어야 한다는 것에 대해 잘 알고 있었다. 그것이 그녀가 갖은 어려움 속에서도 열정을 잃지 않고 끝까지 봉사할 수 있었던 원동력이었다.

2. 도전 속의 상품가치

도전하는 사람은 선구자라고 할 수 있다. 선구자는 다른 사람보다 앞서서 어떤 일의 중요성을 인식하여 그 일을 실행한 사람을 말한다.

그러나 선구자에 대한 주위의 시선은 그리 곱지만은 않은 것이 현실이다. 또한 그들을 이해 못하고 핀잔을 주고 도전의 의지를 꺾어 놓는 경우가 많다. 하지만 월드컵에서 4강의 기적을 일구어낸 히딩크의 의지가 그 모든 것을 이겨낸 국민적 영웅이요, 선구자가 된 것이다.

히딩크를 처음 국내 감독으로 영입할 때부터 스카웃 비용에 대한 말이 많아 반대하는 사람과 좋지 않은 시선으로 바라보는 사람이 많았다.

처음 국내 감독으로 부임한 뒤 그의 독특한 용병술과 특이한 훈련 방법에 대하여 수많은 언론들과 축구인들 하나 같이 그를 질타하였다.

그가 추구하는 선진 유럽축구를 우리나라 선수들에게 적용해 훈련하는 과정에서 선수들이 따르지 못하고 평가전에서도 대패한 결과가 잘못되었다는 시각에서부터, 그의 훈련방식 자체가 우리나라 선수들 문화에 맞지 않다는 것이었다.

월드컵을 바로 앞두고 마음이 급한 축구협회에서는 다른 감독으로 교체 설까지 나오곤 하였다. 그러나 히딩크는 자기 주관대로 들은 체도 하지 않고 꿋꿋이 자기의 길을 간 것이다. 그 결과 4강의 신화를 만들어낸 것이다. 4강 신화가 이루어진 그날 세계는 열광하였고 국내의 언론과 국민들은 히딩크의 리더십에 대하여 열광하였다.

히딩크의 4강 신화에 대한 성공요인은 매우 많다. 그의 전략은 기존의 11명의 베스트멤버 위주로 구성된 한국 축구의 문제점을 극복하고, 히딩크는 "베스트멤버는 통상적인 선수 개인의 능력이 아니라 상대방에 대한 전략에 따라 구성한다.”는 말로 그의 전략을 대변하였다. 그의 성공요인 중의 하나는 한국적 특색을 배격한 것이 아니라, 한국선수들이 가진 내면의 힘이 발휘될 수 있도록 이끌었다는 것이다.

그는 이미 네덜란드에서도 국민적 영웅이 되었지만, 처음 대한민국 감독으로 부임한 뒤, 받았을 마음의 상처는 이방인이었기에 더 큰 고통과 고독으로 다가왔을 것이다. 그러나 그가 지금의 성공요인이 된 이유는 어떠한 상황이 오더라도 자신이 가진 생각을 자기 주관대로 밀고 나갔다는 점이다. 모든 일에 자신의 신념을 가지고 임하므로 그것이 세계적인 명장으로 자리매김 할 수 있게 한 원동력이 되었고 국민적 영웅이 된 것이다.

그는 한국에서 국민적 영웅으로 광고계의 주목을 받았을 뿐 아니라 ‘히딩크의 리더십’ 책이 발간되면서 그의 상품가치를 국민들에게 크게 심어주었다.

도전은 처음부터 있었던 것이 아니다. 리더십의 길을 열고 만들어 갔기 때문에 길이 되었으며, 길을 가는 사람들에게 희망이 된 것이다. 또한 도전은 도전을 갖고자 하는 사람에게만

존재한다. 성공이 있다고 믿는 사람에게 도전이 있고, 성공 같

은 것은 없다고 생각하는 사람에게는 도전은 존재하지 않는다.

4
나를 움직이는
신념을 가져라

1. 약한 마음을 버려라

신념과 같은 적극적 자극은 잠재의식에 작용하여 그 사람을 행복으로 인도하고, 나태하거나 비판주의 같은 소극적인 자극은 잠재의식에 작용하여 불행을 초래한다. 이처럼 잠재의식은 긍정적이고 건설적인 사고와 이어지는 동시에 부정적이고 파괴적인 사고와도 이어진다.

많은 사람이 가난하거나 실패하는 것을 숙명이라고 생각하고 자기는 어쩔 수가 없다고 단념해 버린다. 이런 사람들은 무의식중에 부정적인 사고를 잠재의식에 갖게 함으로써 스스로 불행을 만들어 내는 것이다. 반대로 자기암시로 적극적인 사고를 잠재의식에 주입하면 당신은 무엇이든 손에 넣을 수 있게 될 것이다.

잠재의식은 신념 등의 자극을 받아 작용하지만 어느 경우든 우리는 능숙하게 잠재의식을 조정하는 일이 필요하다. 예를 들어 내가 자식에게 암시를 주어 그의 잠재의식을 바꾸어 놓은 것 같이 의식적인 자기암시에 의해 스스로를 변화시킬 수도 있다. 자기암시로 자기를 바꾸어 가려면 우선 소망이 이미 달성되었을 때의 자기 모습을 잠재의식에 주입시켜야 한다. 소망을 이미 이룬 자신의 모습을 생생하게 마음속에 그림으로써 잠재의식은 신념을 더욱 강화시켜 어느 사이엔가 목적했던 소망을 현실화한다.

그러나 처음에는 시험을 해 봐야 한다. 그렇게 하는 동안에 당신은 잠재의식을 자유롭게 조정하는 일이 가능해질 것이다.

당신에게 가장 중요한 것은 일체의 약한 마음을 버리고 적극적인 의욕을 마음에 가득 채울 수 있도록 노력하는 일이다. 적극적인 의욕과 신념을 마음속 깊이 다져 자신을 정열적인 사람으로 만들어 보는 것이다.

2. 반복된 사고는 강한 신념을 만든다

신념의 작용을 증명하기란 어려운 일이 아니다. 그러기 위해서는 자기암시에 대해 생각해 보는 것이 지름길이리라.

자기암시란 무엇일까? 그리고 어떤 위력을 가지고 있을까?

거듭 되풀이하여 반복된 사고는 그것이 거짓이든 진실이든 결국은 그 사람의 신념이 되어 버린다. 거듭 거짓말을 되풀이하다 보면 언젠가는 그것이 진실처럼 생각되는 경우가 있다. 사람이란 그 마음속 깊은 곳에 자기가 그리고 있는 대로의 사람이 되어 가는 법이다. 우리를 컨트롤하여 움직이고 있는 것은 우리가 가지고 있는 무의식의 신념인 것이다.

신념을 한 알의 씨앗으로 비유할 수 있다. 비옥한 대지에 뿌려진 한 알의 씨앗은 나중에 싹이 터서 성장하고 꽃을 피우고 열매를 맺는다. 한 알의 씨앗은 성장하여 수십 알의 씨앗을 만든다. 이처럼 신념은 새로운 신념을 낳고 이러한 반복이 계속된다. 신념에 망설임이 끼어들 틈이 없다. 신념이 모든 망설임을 없애 주기 때문이다.

사람의 마음은 언제나 무엇인가를 찾아 헤매고 있다. 그 마음속에 있는 희미한 소원이 강렬한 감정으로 신념과 이어지면 그 순간부터 소원은 불타오른다. 마치 물을 얻은 물고기처럼 쑥쑥 자라서 그 사람의 인생마저도 지배하게 된다.

우리들은 어떻게 하면 사고나 계획, 목표를 실현시킬 수 있을까? 대답은 간단하다. 어떤 사고라 할지라도 혹은 어떤 계획이나 목표라 할지라도 반복된 사고는 조용히 마음속에 뿌리를 내려 반드시 싹이 트고 열매를 맺게 해 준다. 그러므로 자신의 마음속에서 결정한 인생의 목표를 알기 쉬운 말로 종이에 써 놓고 매일 소리 내어 읽으면 된다. 그 말은 어느 사이엔가 자신의 잠재의식 속에서 성장하여 머지않아 폭발적인 위력을 발휘할 것이다.

또한 불행을 탄식하지 말아야 한다. 그 대신에 희망찬 미래를 믿어야 한다. 무엇보다도 마음이 중요하고 값진 것이라는 사실을 잘 이해했으리라 생각한다.

그렇다면 이제 걱정할 것은 없다. 자기암시의 힘을 사용하면 누구나 확고한 자신을 가질 수 있으며 커다란 용기도 몸에 지닐 수 있다. 그 후에는 잠재의식이 자동적으로 훌륭한 자신을 창조해 낼 것이다.

3. 신념과 자기암시

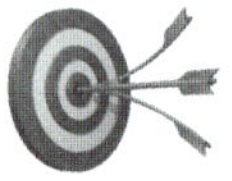

잠재의식은 건설적인 사고와 파괴적인 사고를 구별할 수 없다. 잠재의식은 열등감이나 공포에도, 그리고 용기나 신념에도 민감하게 반응한다. 그러므로 자기암시는 사용 방법에 따라 우리들에게 행복과 번영을 가져오는 수도 있지만 절망의 구렁텅이에 떨어뜨리는 일도 있다.

만약 당신이 공포나 의심이나 열등감에 사로잡혀 있으면 어느 사이엔가 자기암시가 작용하여 당신은 있으나 마나 한 인생으로 끝나고 말 것이다.

사람은 누구나 자기의 생각을 가지고 있다. 그리고 긍정적이든 부정적이든 자기의 생각이 자기도 모르게 잠재의식에 자기암시를 주고 있다.

자기암시는 자신의 생각이나 소원을 의식적으로 잠재의식에 주입함으로써 인생마저도 변화시키는 힘을 가지고 있다.

인간은 오감(시각, 청각, 후각, 미각, 촉각)을 통해 잠재의식에 전하는 암시의 힘으로 생활에 필요한 모든 것을 창출하는 능력을 가진 동물이다. 그러나 이 능력을 효과적으로 활용할 구 있는 사람은 드문 것 같다.

긍정적인 자기암시가 주어지면 잠재의식은 당신이 바라는 것을 가꾸어 발전시킨다. 그러나 그대로 방치하면 가능성에 가득 찬 잠재의식도 잡념에 점령되어 파멸해 버린다.

잠재의식은 마음의 변화다. 잠재의식은 마음의 변화, 즉 감동에 의해서 비로소 놀라운 힘을 발휘한다. 싫증이 나겠지만 되풀이하는 일을 안일하게 생각하고 있기 때문에 많은 사람이 기회를 놓치고 있는 것이다.

감정이 깃들지 않은 말로는 잠재의식을 움직이지 못한다. 잠재의식을 자극하기 위해서는 신념에 찬 감정이 배어나는 말이어야 한다. 아마도 처음 마음먹은 사람에게는 어려울지도 모른다. 그러나 한두 번으로 잘되지 않는다 해서 곧 그만두어서는 안 된다. 연습도 하지 않고 노력도 없이 무엇인가를 얻으려고 하는 안이한 생각은 버려야 할 것이다.

진심으로 성공하고 싶다면 인내하며 끝까지 해내야 한다는 각오가 잠재의식을 불러일으키는 것이다.

잠재의식은 무엇이든 주어지는 암시를 받아들이지는 않는다. 기억해야 할 것은 몇 번이고 되풀이하지 않으면 좀처럼 그 암시를 받아들이려고 하지 않는다는 사실이다.

이렇게 계속 반복하여 자기암시를 하는 것 못지않게 중요한 것이 바로 믿음을 갖는 것이다. 잠재의식이 굳은 신념을 만들어 주는 것은 무엇보다도 당신의 강렬한 믿음이 있기 때문이다. 소망하는 것을 이루기 위해서는 먼저 확고한 계획을 세우고 강렬한 믿음으로 그 소망을 위한 행동을 일으켜야 한다. 물론 그전에 해야 할 일은 마음속에 성취했을 때의 자신의 모습을 그리는 일이다. 그러면 잠재의식이 작용하여 당신에게 무엇인가 해야 할 일은 가르쳐 줄 것이다. 당신이 무엇을 해야 할 것인가 하는 것은 영감이라는 육감의 번쩍임을 통해 알 수 있다. 영감이 떠오르면 진솔하게 있는 그대로를 받아들여 그것을 충실히 실행하면 된다.

이론보다 행동으로 옮겨라. 이론이란 것은 생각이기 때문에 결국 그것에 사로잡혀 있으면 모든 것이 중도에서 포기하는 경우를 초래할 수 있다.

소망을 이루기 위해서는 내가 어떻게 노력할 것인가를 항상 생각해야 하며 이것은 당신에게 매우 중요한 것이다.

4. 함께 변화하고 성장하라

뭔가 해내고 싶다면 할 수 있다는 마음가짐을 가져라. 자신을 믿지 못하면 아무것도 할 수 없기 때문이다. 변화를 일으킬 수 있다는 마음가짐을 가지려면 다음과 같이 하라.

① 자신이 변화를 일으킬 수 있음을 믿어라.

여러분을 포함해서 이 세상의 모든 사람은 누구나 큰일을 해낼 수 있는 잠재력을 갖고 있다. 단, 누군가를 위해 자신을 주겠다는 의지와 자신감이 있어야 한다. 헬렌 켈러는 "인생은 원래 즐겁지만 타인을 위해 살 때가 가장 즐겁다."라고 말했다. 여러분이 모든 사람을 도울 수는 없지만 분명 누군가를 도울 수는 있다.

② 먼저 베풀면 변화가 일어난다는 사실을 믿어라

우리는 누군가에게 먼저 베풀 때 큰 변화가 일어남을 확신하고 있다. 다시 말해 리더십에 따라 모든 성패가 결정된다. 리더의 태도는 사람을 망치기도 성공으로 이끌기도 한다. 그 중에서도 믿음이 없으면 기쁨과 평화, 삶의 의미란 있을 수 없다.

먼저 베풀면 타인의 삶에 변화를 일으킬 수 있음을 믿어야 한다. 확신이 없는 리더를 따르려는 사람은 아무도 없기 때문이다. 먼저 자신이 믿지 않는데 누가 믿고 따르겠는가?

③ 관계를 맺은 상대방이 변화를 일으킬 수 있음을 믿어라

'인간 행위의 상반성 규칙'이라는 원리가 있다. 그 원리는 사람들은 시간이 흐를수록 서로에게 비슷한 태도를 보인다는 것이다. 다시 말해 내가 당신에게 계속해서 관심을 보이면 당신도 내게 관심을 갖게 된다는 원리다. 그러면 관계, 더 나아가 강한 협력 관계가 형성된다.

④ 함께 커다란 변화를 일으킬 수 있음을 믿어라

협력의 미덕을 몸으로 보여준 테레사 수녀는 언젠가 이렇게 말했다.

" 나는 당신이 할 수 없는 일을 할 수 있고, 당신은 내가 할 수 없는 일을 할 수 있다. 따라서 우리는 함께 큰일을 할 수 있다."

협력하면 혼자서 일할 때보다 훨씬 큰 성과를 거둘 수 있다. 반면 그 점을 깨닫지 못하는 사람은 자신의 잠재력을 조금밖에 사용하지 못한다.

1800년대의 유명한 오르간 연주자에 관한 다음 이야기는 협력의 가치를 잘 보여준다.

이 마을 저 마을 떠돌며 공연하는 오르간 연주자가 한 사람 있었다. 그는 각 마을에 도착할 때마다 오르간에 펌프질을 할 소년을 구했다. 한번은 공연을 마쳤는데도 소년이 떠나지 않는 것이었다. 결국 그 소년은 호텔까지 쫓아와 말했다.

“오늘 우리의 공연은 정말 멋졌어요. 그렇지 않나요?”

그러자 음악가는 코웃음 치며 말했다.

“우리라니? 공연은 내가 했어. 썩 집에나 가거라.”

다음 날 밤 오르간 연주자가 장엄한 연주곡을 중간쯤 연주했을 때 갑자기 오르간 소리가 멈추었다. 이에 오르간 연주자는 깜짝 놀랐다. 그때 소년이 갑자기 오르간 모서리에 머리를 대고 씩 웃으며 말했다.

“우리는 오늘 밤 공연을 망쳤어요. 우리가 말이에요.”

누군가와 관계를 맺고 그를 성장시키고 싶다면 그와 여러분은 한 팀이라는 사실을 명심해야 한다. 그리고 기회가 있을 때마다 그 사실을 말로 표현하라.

⑤ 관계와 소통은 성공의 네비게이션이다

‘한 사람의 연봉은 그 사람이 자주 만나는 사람들 연봉의 평균과 같다.’ 이 말은 상대방이 어떤 사람인지 알려면 그 사람이 자주 만나는 사람들을 보면 알 수 있다는 의미를 내포한다. 행복한 사람이 주변에 행복을 전한다는 흥미로운 연구 발표에 이어 온라인 인맥에서도 이와 같은 '행복 바이러스'가 작용한다는 사실을 발표해 화제가 된 미국의 한 연구팀이 있다. US샌디에이고 대학 제임스 파울러 박사팀으로, 온라인상의 인맥으로 행복과 인맥 간의 상관관계를 조사한 결과 행복한 사람들일수록 행복한 사람과 연결되어 있을 가능성이 높다고 발표했다.

인맥경영은 공짜로 주어지는 전리품이 아니다. 부단한 노력을 기울여 관계를 맺고 성실하게 관리해야 한다. 그렇지 않으면 끊어지기 쉽고 왜곡되기 쉬운 것이 바로 인간관계다. 만나는 사람들을 진정으로 존중하고 그들의 진심을 이해하려 노력하는 관계만이 지속적으로 유지될 수 있다.

인맥이 필요한 것은 우리 사회가 사람과 사람 간의 관계로 이루어지고 있기 때문이다. 사람이 세상의 중심에 있고, 사람들이 서로 어울리면서 사회를 이룬다. 비즈니스의 근간이 되는 팀이나 조직도 사람과의 관계로 맺어져 있다. 비즈니스 사회뿐만 아니라 그 어떤 사회에서도 사람과의 관계를 떠나서는 살 수 없다. 결국 어떤 사람과 관계를 맺고 유지하느냐에 따라 앞으로의 모습이 달라질 수 있다. 인맥은 바로 인생을 좀 더 윤택하고 성공적으로 이끌기 위해 필요한 전제조건인 셈이다.

독일의 문학자 한스 카롯사는 "인생은 너와 나의 만남이다." 라고 말했다. 여자는 좋은 남편을 만나야 행복하고, 남자는 좋은 아내를 만나야 행복하다. 학생은 훌륭한 스승을 만나야 실력이 생기고, 스승은 뛰어난 제자를 만나야 가르치는 보람을 누리게 된다. 자식은 부모를 잘 만나야 하고, 부모는 자식을 잘 만나야 불행하지 않다. 씨앗은 땅을 잘 만나야 풍성한 수확을 할 수 있고, 땅은 씨앗을 잘 만나야 다음을 약속한다. 이렇듯 만남은 모든 것을 결정한다.

인생의 변화 역시 만남을 통해 시작된다. 만남을 통해 서로를 발견하게 되고, 발견을 통해 서로에게 변화를 주게 된다. 슬기로운 사람은 남들이 불행하다고 생각하는 조건에서도 만족함을 발견해내고, 어리석은 사람은 남들이 부러워하는 조건에서도 눈물을 흘린다.

인맥관리에 대한 책을 여러 권 출간한 휴먼네트워크연구소의 양광모 소장은 "사람을 낚는 어부가 되어라!"라고 외치면서 "관심을 가지고 배려하며 공감으로 만들어낸 좋은 인맥, 좋은 인관관계는 인생의 성공을 좌우하는 중요한 열쇠"라고 강조한다. 평생에 걸쳐 만나는 사람들이 나의 삶, 운명임을 명심하고 좋은 인간관계를 구축해야 한다는 것이다. 인맥관리는 자기관리다. 다른 사람을 관리하는 것이 아니라 나를 관리하는 것이다. 매력과 능력을 갖춰야 하며, 좋은 인맥을 찾아내야 한다. 늘 다른 사람에게 관심을 갖고, 공감하고, 배려해야 한다.

인맥관리는 또한 행복관리다. 행복을 위해서는 돈, 명예, 권력도 중요하지만 행복을 얻는 필수 조건은 아니다. 행복은 결국 사람들과의 관계 속에서 나온다. 첫인상은 만난 지 몇 초안에 형성된다고 한다. 그 몇 초 동안 상대방으로 하여금 자신이 반가워하고 있다는 인상을 주었다면 인맥관리의 첫발을 내딛은 것이다.

인맥은 서로 주고받는 관계다. 일방적으로 주는 관계는 금방 깨진다. 주고받는 '기브 앤 테이크(Give & For-get)'는 인간관계의 가장 기본적인 법칙에 속한다. 더 나아가, 주고 잊어버리는 '기브 앤 포겟(Give & For-get)이나 주고 주는 '기브 앤 기브(Give & Give)'도 인간관계를 발전시키는 법칙이다. 더불어 산다는 것은 주는 생활인 동시에 받는 생활로, 심는 만큼 거둔다는 자연의 법칙이 적용되는 삶의 방식이다. 인생이란 미래를 위한 준비라고 할 수 있다. 미래를 위한 가장 훌륭한 준비는 어떤 사람과 인생을 같이하느냐에 달려있다.

이렇게 중요한 인맥 만들기에도 조심해야 할 부분이 있다. 다음은 삼성경제연구소의 자료에 의한 인맥 만들기 금기사항 7가지이다.

1. 절대로 다른 사람을 욕하지 마라.

2. 누구에게나 다 잘 보이기 위해 애쓰지 마라.

3. 거액의 돈을 꾸거나 빌려주지 마라.

4. 타산적으로 사람을 사귀지 마라.

5. 다른 사람을 시기하지 마라.

6. 타인의 사생활에 끼어들려 하지 마라.

7. 이야깃거리를 고를 때 주의하라.

이는 인간관계의 기본예의에 속하며, 조금만 주의를 기울이면 누구나 지킬 수 있는 것들이다. 자기의 성공을 위해서 남의 성공을 시기하는 사람들은 다른 사람이 잘되는 것을 방해하고 때때로 중상이나 모략을 한다. 그러나 이런 방법으로는 절대로 성공하지 못한다. 성공을 하려거든 먼저 인간관계가 원만

해야 한다. 적을 만들어 남을 밀어내지 말고 성공의 길을 함께 걸어가야 한다.

인생에 있어 성공은 환경에 좌우되는 것이 아니고 인간관계에 의해 결정된다. 자신이 인생을 누구와 더불어 살아가느냐에 달려 있는 것이다. 또한 오늘 만난 이 사람으로 인해 나의 꿈을 이룰 수도 있고, 삶의 모습이 바뀔 수도 있다. 하지만 성공 인생을 위한 기본 열쇠는 자기 자신이 쥐고 있다고 보아야 한다. 실천의 문제는 다른 사람이 대신 해줄 수 없는 의지의 문제이며, 열정의 문제다. 정말로 이루기를 원하는 간절한 꿈이 있는 사람은 '~때문에'라는 용어를 사용하지 않고 '~덕분에'라는 말을 사용한다. 행복한 인간관계는 인생을 풍요롭게 만드는 밑거름이 된다. 순간의 이익을 위해 인연을 만들기보다는 평생 함께할 인생의 친구를 만든다는 생각으로 인맥을 관리한다면 당신은 성공을 앞당기는 인맥의 중심에 서게 될 것이다.

사람은 사람 사이에 울고 웃다가 죽는 존재다. 고독한 인생의 항해에 함께하는 인맥은 힘과 용기와 여유를 준다. 아무리 컴퓨터, 휴대전화 등 디지털 네트워크로 무장하는 시대라지만 사람 사이의 따뜻한 인간관계는 퇴색되기는커녕 오히려 더욱 중요한 의미를 갖는다.

인맥이란 태어나서 죽을 때까지 여러 가지 인연에 의해 얽히는 인간관계를 뜻한다. 참고로, 한 사람이 일생 동안 만날 수 있는 사람의 수는 대략 3,500명 정도가 된다고 한다. 짐 콜린스는 "성공이란 나이가 들수록 가족과 주변 사람들이 점점 더 나를 좋아하는 것이다."라고 했다. 인간관계에서의 관심, 공감, 배려가 성공을 가져온다는 것이다. 사람과 사람 간의 믿음과 이를 바탕으로 오랜 세월에 걸쳐 만들어진 인연의 끈은 어려운 때라고 쉽게 끊어지지 않는 법이다.

어느 포털사이트에서 네티즌 1,320명을 대상으로 불황 시 직장에서 살아남기 위한 나만의 전략을 물어본 결과 응답자의 54%인 716명이 사내 인맥관리라고 대답했다. 인맥은 누구에게나 큰 자산이 될 수 있다. 인맥은 인생에서 성공하기 위해 반드시 갖춰야 할 능력이다. 하지만 인맥을 바라보는 부정적인 시각이 분명 있다. '사람'을 뜻하는 한자 '인'의 두 획이 서로 기대어 있듯이 사람은 혼자 살지 못하고 서로 기대어 사는 약한 존재다. 이런 깊은 뜻은 간과한 채 별다른 노력 없이 인맥으로 모든 문제를 해결하려는 사람들과, 인맥을 성공의 디딤돌로만 바라보는 사람들이 있어 인맥경영이 '계산적인 인간관계'로 보이는 경우가 간혹 발생한다.

이러한 오해를 극복하고 이상적인 인간관계를 유지하기 위해 '인맥경영 13579원칙'을 제안한다. 이를 실천한다면 오해 없이 좋은 결과를 기대할 수 있을 것이다. 인맥경영 13579원칙은 '1일 3명과 만나고, 5명과 전화 통화를 하며, 7명에게 이메일을 보내고, 9명에게 문자 메시지를 보내자'는 것이다. 이를 꾸준하게 반복하면 1년에 휴일을 제외한 200일 정도의 기간 동안 600명을 만나고 1,000명과 전화 통화를 하고 1,400명과 이메일을, 1,800명과 문자 메시지를 주고받게 된다. 휴일과 특별한 사안이 발생한 경우를 제외하고 매일 꾸준히 인맥경영을 한다면 10년 후에는 많은 사람들과 좋은 관계를 형성할 수 있을 것이다.

인맥과 관련해서 많이 사용하는 고사성어로는 '순망치한'이 있다. 직역하면 '입술이 없어지면 이가 춥다.'는 의미로 사람과의 인연을 소중히 여기고 관계를 중시한다는 내용으로 의역해볼 수 있다.

하버드 대학, 카네기재단, 스탠포드 대학에서 선발된 연구원들의 합동조사 결과에 따르면 한 사람이 자기 분야에서 성공하는 데 가장 큰 요인은 사람을 상대하는 능력, 즉 인간관계 능력에 의해 좌우된다. 지난 20세기가 IQ(지능지수)와 EQ(감성지수)를 중시했다면, 21세기에는 정보망지수인 인맥지수(NQ, Network Quotient)가 경쟁력을 좌우한다는 것이다. 동국대 신문방송학과 김무곤 교수가 창안한 NQ는 인간관계의 중요성을 강조하는 지수로서 주변 사람과 관계를 얼마나 잘 유지하고 있는가를 나타낸다. NQ가 높으면 높을수록 다른 사람과 소통하기가 쉽고, 그 관계를 바탕으로 얻어지는 자원으로 더 성공할 수 있다는 말이다.

NQ는 보통 5가지의 능력이 바탕이 되어 나타나는데 '다양한 채널을 통해 정보를 수집하는 능력', '영향력 있는 정보를 활용하는 능력', '목표에 부합하는 주요 정보 채널을 깊이 있게 탐색하는 능력', '현재 갖고 있는 정보망을 확장시키는 능력', 마지막으로 '타인에게 자신을 또 하나의 정보망으로 주지시켜 활용할 수 있는 능력'이 그것이다.

최초의 흑인 대통령 오바마의 정권인수팀을 분석한 결과 20여 명의 하버드대 로스쿨 동문들이 포함돼 있었으며, 숫자 면에서 미국 어느 대학 출신보다 압도적으로 많은 것으로 나타났다. 대한민국 이명박 대통령도 같은 경우인데, 그의 인맥을 빗대어 '강부자', '고소영'이라는 유행어가 생기기도 했다. '고려대, 소망교회, 영남' 출신이라는 뜻의 '고소영'은 인맥의 긍정적 측면과 부정적 측면을 모두 보여주는 신조어라 할 것이다.

인터넷 세상도 현재 소셜네트워크(Social Network)에 휩싸여 있다. 인터넷을 기반으로 관계를 맺는 SNS(Social Network Service, 온라인 인맥 구축 서비스)도 활발하다. 일촌으로 대변되었던 '싸이월드'를 선두로 이제는 '트위터'가 그 열풍을 이어가고 있다.

줄탁동기라는 고사성어가 있다. 중국 송대 선조의 화두를 모은 공안집 〈벽안록〉에 나오는 말로 '줄'은 알 속의 병아리가 껍질을 두드려 바깥으로 나갈 때를 알리는 소리를, '탁'은 어미 닭이 이에 맞춰 밖에서 껍질을 깨주는 것을 의미한다. 줄탁동기는 스님들이 수행할 때 스승이 화두를 던지고 제자는 그걸 풀면서 깨우치게 되는 것에서 비롯됐다. 그러나 다른 각 도에서 생각하면 병아리가 알 속에서 껍데기를 쪼고 있을 때 어미 닭이 밖에서 함께 쪼아줘야 순조롭게 부화된다는 뜻으로 '

상생과 화합'의 중요성을 강조한 말로 해석할 수 있다. 한 경제연구소가 최고경영자 307명을 대상으로 위기 극복을 위한 최고의 화두가 무엇이냐고 설문조사를 한 결과 20.6%의 CEO들이 줄탁동기를 최적의 위기관리 경영 해법으로 선택했다. '백짓장도 맞들면 낫다.'는 속담처럼 어떤 일이든 함께 힘을 합하면 훨씬 수월해진다.

기러기는 서로를 격려하며 먼 길을 함께 한다. 적을 경계하고 위험으로 벗어나기 위해서 무리 중의 우두머리 격인 기러기가 이동하거나 잠잘 때 자진해서 망을 본다. 가장 앞에서 날아가는 기러기는 무리 가운데서도 제일 건강하고 힘이 세며 나이가 많고 지리에 밝은 수컷이다. 뒤를 이어 태어난 지 얼마 안되는 어린 새끼들이 어미 뒤를 바짝 따르거나 늙은 기러기가 날아간다. 그리고 인(人)자나 一자, V자형으로 날아다닌다. 이런 대형으로 날면 단독으로 나는 것보다 체력을 10%정도 아낄 수 있다. 리더는 바뀌기도 한다. 맨 앞에서 날던 기러기가 지치면 뒤따르던 기러기가 앞장서는 식으로 돌아가면서 리더 역할을 수행한다. 이들은 또 서로 힘을 복 돋우기 위해 날아가면서 울음소리를 내는 경우가 있다. 이 소리는 앞서 날아가는 새에게 속도를 떨어뜨리지 말라는 격려의 응원이라고 한다. 어쩌다 연약한 한 기러기가 병이 들거나 총에 맞아 대열에서 떨어질 위기에 놓여도 기러기들은 동료를 혼자 버려두지 않는다. 두 마리가 대열에서 이탈해 상처 난 기러기를 보호하고 돕는다. 기러기들은 이처럼 서로 협력하며 멀리 날아간다.

중국인 왕중추는 저서 〈작지만 강력한 디테일의 힘〉에서 '100-1=0'이라고 주장한다. 수학적으로 계산하면 '100-1=99'가 맞지만 인생에서의 계산법은 그것과는 조금 다르다는 것이다. 즉, 1%의 실수와 태만이 100%의 실패를 낳을 수 있다는 것. 역으로 해석하면, 작은 불씨 하나가 황야를 태우듯이 '스스로 함께 더 크게 세계로'의 조그만 시작이 모든 사람에게 행복과 성공을 불러오는 아름다운 불씨가 될 수 있다는 것이다.

5

상대의 마음을 움직여라

사람들은 대부분 자신이 옳다고 생각하며 살아간다. 그러나 좀 더 섬세하고 간접적인 방법으로 의견을 개진해야 한다. 얼굴표정과 목소리 톤, 손짓만으로도 충분히 상대의 실수를 말해줄 수 있다. 앞에 대놓고 지적한다고 해서 상대가 동의하는 것은 아니다. 그것은 상대의 판단력과 자존심, 인격에 불쾌한 흠집을 낼 뿐이다. 상대가 불쾌할 때에는 아무리 명확한 논리로 주장한다 해도 설득하기 힘들다. 그러하기에 상대방에게 더없이 친절하고 부드럽게 대하면 동조를 이끌어내기가 한결 수월해질 것이다.

1. 루즈벨트

루즈벨트는 뉴욕 주지사 시절에 매우 탁월한 성과를 거두었다. 각 정당 지도자들과 조화롭게 어울리면서도 그들의 반대 의견에 의연하게 대처할 수 있는 능력덕분이었다. 대체 어떻게 할 수 있었던 것일까?

그 사례를 들어보면, 주요보직에 공석이 생겼을 경우 루즈벨트는 각 정당대표들에게 추천을 받았다.

"처음에 그들은 해당보직에 전혀 맞지 않는 사람을 추천했습니다. 그래서 난 그 사람들은 정책과 여론부분에서 그다지 영향력을 발휘하지 못할 것이라고 생각하고, 시민들의 반대도 있을 것이다. 라고 거절했습니다. 그러나 그 다음에도 좀 더 나은 인사를 추천을 했지만, 또 다시 여론의 반대를 이유로 정중히 거절했습니다. 그 후에도 추천한 사람 역시 부족하지는 않았으나 그 자리의 최적의 인물은 아니었습니다. 그래서 각 정당대표들에게 한번만 더 추천해주시지요라고 정중하게 요청했습니다.

그 후에 마지막으로 추천받은 인물이 바로 내가 찾던 인물이었고 마음이 흡족했습니다. 그래서 난 각 정당 대표들에게 감사의 인사를 전한 뒤 바로 임용절차를 밟아서 그를 그 보직에 앉혔고, 그리고 그 모든 공을 각 정당대표들에게 돌렸습니다. 이후 난 그대들의 의견을 수렴해 그 사람을 뽑았으니 이젠 그대들이 내 의견을 들어줄 차례라고 말했습니다. 그리고 결국엔 그들은 선거권세법 및 시공무원 법안 등 정부의 중대 개혁안에 대해 제 뜻을 따라주었습니다."

루즈벨트는 절대 자신의 뜻을 직접 강요하지 않았다. 주요 인사를 임명할 때에도 마음속으로 이미 적임자를 정했으나 독자적으로 뽑는 것보다 각 정당대표들이 의견을 수립해 '스스로 선택했다'는 생각이 들도록 주도권을 준 것이다. 루즈벨트는

상대의 의견을 묻고 그들의 생각을 존중해주고 당신이 그저 자
신들을 돕는 자라고 생각하면 상대는 기꺼이 마음을 움직여 협
력해올 것이다, 라고 판단한 것이다.

2. 칭찬

19세기 영국에는 작가를 꿈꾸던 한 청년이 있었다. 하지만 그 꿈은 현실과는 무척 요원해보였다. 소년시절부터 빈곤의 고통을 겪었으며, 학교에도 거의 다니지 못하고 12세 때부터 공장에서 일을 하였다.

자본주의 발흥기(勃興期)에 접어들던 19세기 전반기의 영국 대도시에서는, 번영의 이면에 무서운 빈곤과 비인도적인 노동, 연소자의 혹사 등의 어두운 면이 있었다. 그가 일하는 곳은 쥐가 우글거리는 창고였고 하는 일은 구두약 상표를 붙이는 것이었다. 사는 곳 또한 비좁은 다락방에서 빈민가를 떠돌아다니는 인상도 험악한 부랑자들과 함께 살아야했다.

이러한 사회모순과 부정을 직접 체험한 그는 가난에서 벗어나려는 부단한 노력으로, 15세 때 변호사 사무실의 사환으로 일하였고, 이듬해 법원의 속기사, 그리고 신문사의 통신원이 되어 원고를 쓰게 되었고 출판사로 원고를 기고했다. 하지만 번번이 퇴짜를 맞았다. 그러던 어느 날 마침내 기쁜 소식이 전해져왔다.

비록 원고료를 받지는 못했지만 처음으로 편집자로부터 칭찬을 받은 것이었다. 그렇게 마음속으로 간절히 기다리던 사람들로부터 인정을 받은 셈이었다. 청년은 너무나 감격한 나머지 길거리로 뛰쳐나가 눈물까지 흘리곤 했다.

이 한 번의 칭찬이 이 청년의 인생을 뒤바꾸어 놓는 전환점이 되었다. 그러나 만약 그 편집자의 격려를 받지 못했다면, 그 청년은 본인의 잠재능력을 펼쳐 보이기도 전에 영원히 작가의 꿈만 꾸고 흘러가는 세월만 보내고 있었을지도 모른다.

그리고 그 청년은 영국 역사상 가장 위대한 문호였던 찰스 디킨스이다.

3. 인생을 바꾸는 한마디

1871년의 어느 봄날, 대학생이었던 윌리엄 오슬러 경은 무척 특별한 경험을 하게 되었다. 몬트릴 종합병원의 의학도였던 그는 졸업시험을 앞두고 긴장과 불안감에 가득 차 있었다. 어떻게 기말고사를 통과할까? 졸업 후에는 어떤 일을 해야 할까? 어디를 가야 잘 할 수 있을까? 나중에 병원은 어떻게 열 수 있을까? 어떻게 먹고 살아야 할까? 이렇게 얼굴에는 수심에 가득 찼던 그는 마법과도 같은 한 글귀를 읽고 엄청난 충격을 받았다.

그리고 그 말 때문에 당대 최고의 의학자로 거듭날 수 있었다. 그는 세계 최고의 존슨 홉킨스의대를 건립했고, 당시 영국 의학계에서 최고의 영광으로 손꼽혔던 옥스퍼드 의과대학의 명예교수로 임명되었다. 또한 영국왕실에서 기사 직위를 수여받기도 했다.

윌리엄 오슬러 경이 1871년 봄날에 마주했던 그 구절, 그의 평생 근심을 덜어주었던 그 말 한마디는 바로 이것이었다.

우리가 해야 할 중요한 일이란 '먼 곳에 있는 희미한 것을 보는 일이 아니라 명확하게 보이는 자신 가까이 있는 것을 바로 실행하는 일이다.' 라는 이 한마디로 그는 일생동안 온갖 고민으로부터 해방되었다고 한다.

점점 경쟁이 치열해지는 이 시대에 사람들은 불확실한 미래에 대해 불안해하며 걱정한다. 그러나 미래란 본시 오늘인 것이다. 오늘을 최선으로 살면 과거도 구원받고 미래도 보장받게 된다. 명확하게 오늘이란 테두리 안에서 생활습관을 익히도록 해야 한다.

4. 프랭클린의 교훈

벤자민 프랭클린은 자서전에서 어떻게 자신의 비판적인 성격을 고쳐 미국 역사상 가장 유능한 외교관이 될 수 있었는지 고백하고 있다.

그가 아직 실수투성이었던 젊은 시절, 한 교회친구가 그에게 다가와 진중한 어조로 말을 건넸다.

"벤자민, 자넨 정말 너무 하는군. 그렇게 아무 생각 없이 사람들을 비판을 하다니, 누가 자네 의견을 듣고 싶겠는가? 다들 자네가 없는 게 낫다고 말하더군. 아무리 자네가 유식하더라도 알면 얼마나 알겠는가. 게다가 사람들이 자네와 말하는 것을 꺼리고 있고, 지금의 그 얄팍한 지식 이상으로 발전하긴 힘들 걸세."

프랭클린은 친구의 진심어린 충고를 받아들여 성공의 발판을 만들었다. 비록 어린나이였지만 누구보다 지혜로웠던 그는 자신의 단점들을 당장 바꾸기로 결심했던 것이다.

벤자민은 절대로 자기 의견만을 고집하거나 상대방의 의견을 정면으로 반박하지 않는다는 한 가지 원칙을 세웠다. 그리고 '확실히' '의심할 여지없이' 등의 단정적인 어조 대신, '제가 생각하기엔' '제가 알기로는' 등의 완곡한 표현을 사용하기로 했다.

그리고 누군가 자기 잘못을 지적하면 그 자리에서 반박하기보다는 알아듣도록 말하기로 했다. '어떤 경우에는 당신의 의견이 옳을 수도 있지만 현재 제 생각은 조금 다릅니다.' 라는 식으로 말이다.

얼마 후, 벤자민의 삶은 확연히 달라지고 있었다. 사람들과 더욱더 조화롭게 그리고 유쾌하게 지낼 수 있게 되었다. 벤자민은 겸손한 태도로 의견을 제시할 때면 사람들은 예전보다 훨씬 관대하게 의견을 받아들였다. 그리고 설사 틀린 말이더라도 좀 덜 난처해할 수 있었고, 옳은 의견을 설득시키는 것 역시 훨씬 쉬워졌다.

처음에 이 습관을 들일 때는 심한 내적 갈등을 겪어야 했지만, 시간이 점점 지날수록 점차 자연스럽게 변해가고 있었다. 말재간도 없고 빈틈도 많았던 벤자민은 지난 50년간 단정적인 말을 삼갔고 이 덕분에 사람들의 열렬한 지지를 얻을 수 있었다.

벤자민은 자신의 약점을 적절히 보완하는 한편 타인에게서도 배웠다. 처음 변화를 시도할 때는 물론 힘들었지만 곧 편안해지고 이렇게 인생의 성공습관을 차근차근 키워가고 있었다.

5. 가치 있는 인내

뉴욕에 사는 로이터 씨는 정유업 관련 특수 장비를 생산, 판매하는 공장을 하고 있다. 어느 날, 고객에게 주문을 받았고 이어 제품 설계에 승인을 받은 후 생산에 들어갔다. 그런데 그때 예상치 못한 일이 벌어졌다.

고객이 자기 친구들과 주문 제품에 대해 상의할 때, 친구들이 이건 너무 넓고, 저건 너무 좁다는 등, 여긴 좀 잘못된 것 같다는 등 하며 여러 가지 지적을 쏟아낸 것이었다. 그 말을 듣던 고객은 불안해지고 로이터 씨에게 전화를 걸어 이미 제작에 들어간 제품을 구매하지 않겠다고 통보를 한 것이다.

로이터는 그 고객에게 "설계도를 정밀하게 검토했지만 우리 생산설비에는 지표상 아무런 문제가 없었습니다. 고객 측에서 제작과정에 대해 제대로 알지 못했던 것이지요." 하지만 '당신이 잘못 판단하신 겁니다.'라고 말할 수는 없었다.

그리고 로이터는 고객 사무실로 직접 찾아갔다. 그 고객은 로이터를 보자마자 잡아먹기라도 할 것처럼 매서운 질책을 퍼부었다. 그리고는 "이제 어찌할 작정이오?"라고 물었다. 로이터는 침착하게 어떤 요구든 그대로 따르겠다고 말했다. "분명히 사장님의 요구에 맞는 설비를 제작해야지요. 지금 제작중인 설비가 마음에 들지 않으시면, 새로운 설계도를 주십시오. 이미 투입된 2천 달러를 손해 보는 한이 있더라도 다시 제작해 드리겠습니다. 하지만 이건 분명히 말씀드리죠. 새로운 설계에 따라 제작했을 시, 발생하는 문제는 사장님께서 책임지셔야 합니다. 물론, 기존 설계대로 제작을 할 경우에는 저희가 모든 책임을 지겠습니다." 로이터의 설명에 화가 누그러진 고객은 "좋소, 기존 설계대로 합시다. 하지만 정말 문제가 생긴다면 당신에게 모든 책임을 묻겠소."라고 말했다.

결국 제품생산은 아무 문제없이 마무리되었고, 그 고객은 설비제품을 두 개나 더 주문을 해왔다. 그 고객이 로이터에게 분노를 터트리고 심지어 주먹까지 휘두르려고 할 때, 그는 온 힘을 다해 참아야 했다. 하지만 결과적으로는 충분히 인내할 가치가 있었던 셈이었다.

만약 로이터가 그 고객의 잘못을 낱낱이 지적했다면 치열한 논쟁이 벌어졌을 것이다. 아마 소송까지 불사했을지도 모른다. 그랬다면 결국 엄청난 금전적 손해를 보고 중요한 고객까지 잃어버렸을 것이다.

상대방의 잘못을 지적하는 게 결코 현명한 일은 아니라는 걸 로이터 씨는 절실히 깨달았던 것이다.

6. 실수를 인정하라

　뉴욕시 중심 번화가에 살고 있는 중년의 남자는 종종 개를 데리고 공원을 산책하는데, 그곳에는 오가는 사람이 거의 없어 개의 목줄을 묶거나 입마개를 씌우지 않고 데리고 다닌다.

　그러던 어느 날, 공원에서 거들먹대는 경찰과 마주쳤다. 경찰은 큰 목소리고 소리쳤다.

　"공원에 개를 풀어놓으면 어떻게 합니까? 목줄이랑 입마개도 안 했군요. 이거 위법인 거 모르셨습니까?"

　중년은 "네, 잘 알고 있습니다. 하지만 사람을 물진 않는 개입니다."

그러자 경찰은 말도 안 된다는 듯이 엄한 목소리로 다그쳤다.

"그건 당신 생각이지요. 법에서 당신 생각 같은 건 아무 의미가 없어요. 혹시라도 다람쥐나 아이를 물면 어떡합니까? 이번에는 그냥 넘어가지만 다음번에도 또 적발되면 그땐 법대로 하겠습니다."

중년은 알겠다고 고개를 끄덕였다. 그 후로 중년은 경찰과의 약속을 지키려고 노력했다. 하지만 중년의 개는 입마개를 싫어했고 중년도 억지로 입마개를 씌우고 싶은 생각이 없었다. 그리고 몰래 나가보기로 했고 다행히 몇 번은 들키지 않고 무사히 산책을 할 수 있었다.

그날도 언덕길에서 개와 달리기를 하고 있었다. 그런데 갑자기 중년 앞에 예전의 그 경찰이 나타났다. 아무것도 모르는 개는 경찰관을 향해 꼬리를 흔들며 달음질치고 있는 것이 아닌가. 낭패감에 당황한 중년은 두말없이 경찰을 향해 잘못을 시인했다.

"경찰관님, 잘못했습니다. 지난번에 경고까지 하셨는데 제가 또 그냥 나왔네요. 어떤 처벌이라도 달게 받겠습니다."

그러자 경찰관은 의외로 부드러운 목소리로 말했다.

"아, 근처에 사람도 없는데요, 뭘 조그만 강아지가 뛰어다니는 거야 뭐 어떻습니까."

"네, 그렇긴 하지만 제가 법을 어겼으니……."

"이렇게 작은 강아지가 누굴 물진 않겠지요?"

"하지만 다람쥐를 물지도 모르는데……."

"뭘 그리 심각하게 생각하십니까? 이렇게 하죠, 제 눈에 띄지 않게 저 언덕 너머로 가세요. 그러면 제 눈에 안보이니 된 겁니다."

중년은 생각했다. 그 경찰 역시 보통 사람들처럼 존재감을 확인받고 싶었던 것이다. 그리고 내가 잘못을 인정하자, 생각지도 못한 관대한 호의를 베풀어 준 것이었다. 만약 내가 그 경찰과 논쟁을 벌였다면 어떻게 되었을까?

하지만 난 정면충돌을 벌이는 대신 그의 절대적인 권위를 인정하고 그 순간 내 잘못을 솔직히 시인했다. 그러자 경찰은 예전의 그 권위적이고 위압적인 태도를 버리고 더없이 관대하고 친절한 모습을 내게 보였다.

7. 분노를 잠재운 연설

　록펠러는 콜로라도 주에서 '가장 나쁜 놈'으로 꼽혔다. 당시에는 미국 역사상 최악의 파업사태가 2년 동안 길게 지속되고 있었다. 이에 분노한 광부들은 록펠러가 소유한 콜로라도 석탄 철강회사로 찾아가 '임금을 인상하라'며 강력하게 요구했다. 광부들은 심지어 회사의 기물을 파괴했고 이 때문에 군부대까지 동원되어 시위를 진압해야 했다. 유혈사태가 연이어 발생하면서 적지 않은 광부들이 사살되기까지 했다. 양측의 팽팽한 긴장감속에서 원망과 분노의 불길이 온 도시를 감싸고 있었다.

　그러나 바로 그때 '나쁜 놈'이라고 불리는 록펠러의 뛰어난

연설 덕분에 순식간에 파업 참가자들의 분노가 잦아들기 시작
했다. 심지어 그에게 동조하는 시위자들도 생겨났다. 록펠러
는 무척 진지하고 진실과 겸허한 자세로 광부들과 의사소통을
시작했고, 결국 파업참가자들은 하나둘씩 각자의 일터로 되돌
아가기 시작했다.

파업의 가장 큰 원인은 임금문제였으나 더 이상 이 말을 꺼
내는 사람은 아무도 없었다.

그럼 짚고 넘어갈 부분은, 록펠러의 청중이 바로 분노에 날
뛰던 광부들이었음을 기억해보자. 이들은 심지어 록펠러를 사
과나무에 매달아 죽이겠다고 공헌했던 사람들이었다. 그럼에
도 불구하고 록펠러는 무척이나 겸손하고 온화한 태도로 이들
에게 다가섰다.

그는 연설 중에 "이 자리에 서게 되니 무척 영광입니다. 여
러분의 가정을 방문하여… 여러분의 가족들을 만나고… 우리
는 이곳에서 친구로 만난 것입니다. 상호 우호적인 정신을…
모두의 이익을 위해… 여러분 덕분에 제가 이 자리에 설 수 있
었으니……." 등의 어구를 사용했다.

록펠러의 연설은 아래와 같다.

“오늘은 제 인생에 있어 무척 특별한 날입니다. 이렇게 회사 측의 노동자대표, 직원 및 임원들을 한 자리에서 뵙게 되는 영광을 누리니 아마 오늘을 영원히 잊지 못할 듯합니다. 만약 우리가 2주 전에 이렇게 모였더라면, 전 그저 얼굴 정도나 아는 낯선 사람에 불과했을 겁니다. 하지만 지난 2주 동안, 전 남부 탄광지역을 방문해 그곳 대표 분들과 대화를 나누는 한편 여러분의 가정을 방문해 가족들과의 조촐한 만남도 가졌습니다. 그러니 이제 우리는 더 이상 낯선 사람이 아닌 친구로서 이 자리에서 다시 만난 것입니다. 이 같은 상호 우호적인 분위기 속에서 모두의 공동 이익에 대해 말할 수 있게 되어 저는 정말 기쁘게 생각합니다. 이 모임은 회사 직원과 노동자 대표들의 자리이기에, 제가 이 자리에 설 수 있는 것은 모두 여러분의 덕분입니다. 전 비록 직원도 노동자 대표도 아니지만 공장의 주주와 이사회를 대표하는 사람으로서 여러분과 친밀한 관계를 맺고 있다고 생각합니다.”

이런 말을 한다는 것은 적을 친구로 만드는 놀라운 기술이지 않겠는가?

만약 록펠러가 다른 방법을 택했다면, 예를 들어 노동자들이 직면한 상황과 위기를 지적하며 파업자들과 논쟁을 벌였다면, 혹은 당시 파업의 책임을 물어 엄중히 질책했다면 상황은 어찌되었을까? 아마 더 극렬한 분노와 원망의 불길이 치솟아 상황은 더욱 악화되었을 것이다.

록펠러가 선택한 방법은 상대방이 두 주먹을 불끈 쥐고 올 때 그는 두 주먹을 더욱 굳게 쥔 것이 아니라 상대방과 자기의 생각이 다른 이유는 어디에 있을까를 생각하고, 곧 서로의 생각 차이점보다 공통점이 더 많다는 것을 느끼고 이 방법을 이용한 것이다.

8. 마법

뉴욕에 사는 도로시 부인은 사교계의 유명인사로, 측근들에게 그간에 겪은 많은 이야기들을 들려주었다.

저는 얼마 전 몇몇 지인들을 초대해 오찬모임을 함께했습니다.

저에게는 무척 중요한 행사였기에 만반의 준비를 해두려 온갖 노력을 기울였지요. 보통 이런 모임에는 집사 에밀이 절 도와주곤 했는데 이번에는 정말 실망스러웠습니다. 오찬 요리는 완전히 엉망인데다 웨이터도 달랑 한 명뿐이었습니다. 게다가 그 웨이터는 고급연회의 기본도 모르는 신출내기더군요. 기분이 엉망진창이었지만 손님들 앞이어서 억지로 웃을 수밖에 없었습니다. 전 이를 악물고 중얼거렸습니다. '감히 이 따위로… 에밀, 어찌되는지 두고 봐라.'

다음 날, 인간 관계론에 대한 세미나에 참석했습니다. 그리고 에밀에게 책임을 돌려봤자 별 소용이 없다는 것을 깨달았습니다. 잠시 제 화풀이는 할 수 있고 기분은 풀리겠지만, 마음을 상한 에밀은 더 이상 절 성심성의껏 돕지 않을 테니까요. 그래서 생각을 바꿔 에밀의 입장에서 생각해봤습니다. 사실 말하자면, 에밀이 직접 요리를 망친 것도 아니었고, 멍청하고 답답한 웨이터 역시 엄밀히 말해 그의 탓은 아니었습니다. 에밀 또한 이 일 때문에 상당히 골치가 아플 것입니다. 내가 너무 성급히 화를 내는 게 아닌가, 너무 엄격히 대하는 건 아닌가를 반성해 봤습니다. 그리고 그 일이 있기 전과 같이 그의 노고를 칭찬해주기로 했습니다. 결과적으로 모든 게 예전처럼 다 잘된 일이었습니다.

그 후 에밀이 저를 만나러 왔을 때, 그는 그때 일에 대해 구구절절 변명을 늘어놓을 작정이었나 봅니다. 하지만 저는 에밀에게 부드럽게 말했습니다.

"에밀, 내가 모임을 주최할 때는 에밀이 그 자리에 있어줬으면 좋겠어요. 뉴욕 최고의 집사인 에밀이 곁에 있어야 든든하거든요. 그날 요리는 분명 에밀의 탓이 아니라고 생각해요. 당신 역시 마음이 편치 못했겠죠."

그러자 찌푸렸던 에밀은 금세 환하게 웃으며 대답했습니다.

"네, 부인. 그 골칫거리 웨이터도 저로서도 어쩔 수가 없었습니다."

"에밀, 또 다른 연회를 준비 중인데 조언을 부탁해요. 그리고 그 웨이터는 계속 써도 괜찮을까요?"

제 물음에 에밀은 고개를 끄덕이며 말했습니다.

"부인, 걱정 마세요. 두 번 다시 그런 일은 없을 겁니다."

그로부터 일주일 후, 오찬모임을 준비할 때, 에밀은 제게 식단의 재료목록까지 상세히 알려주었습니다. 전 더 이상 예전의 잘못은 추궁하지 않은 채 적잖은 팁까지 지불했습니다.

식탁 위에는 손님들을 반기는 장미꽃다발이 놓여있었고, 에밀은 줄곧 자리를 지키며 시중을 들어주었습니다. 격조 높고 세심한 서비스에 맛깔스럽고 깔끔한 요리까지, 모든 것이 완벽했습니다. 네 명이나 되는 웨이터가 식사 내내 서비스를 해주었고, 마지막에는 에밀이 직접 디저트를 서빙 해주었습니다.

오찬이 끝난 후 그 자리에 참석했던 귀빈 한 분이 '대체 무슨 마법을 부리신 겁니까? 이렇게 훌륭한 오찬은 처음입니다.'라고 하셨습니다.

그 말은 사실이었죠. 전 에밀에게 광폭한 분노보다 '온화한 호의와 칭찬'이라는 마법을 걸었으니까요.

상대를 비판하기에 앞서 먼저 진심어린 칭찬을 해주어라. 그리고 '하지만'이라고 말하지 말라. '하지만'이란 단어가 비판을 위한 것으로 둔갑할 때 사람들은 칭찬의 진심을 의심하게 된다. 상대에게 '그리고'라는 말로 당신의 기대감을 보여주어라. 권위를 부여받는 것만큼 의욕을 불러일으키는 힘은 없다.

9. 이기는 말투

아테네의 천덕꾸러기였던 그리스의 철학자 소크라테스는 왕성한 호기심과 기이한 행동, 심오한 사상으로 세계철학사의 대 스승으로 알려져 있다. 또한 인류의 문명을 이끌어 온 세계에서 가장 영향력 있는 사상가로 끊임없이 추앙받고 있다.

자, 소크라테스는 어떤 방법으로 사람들을 이끌었을까? 소크라테스는 사람들의 잘못을 신랄히 비판했을까? 그렇지 않다, 소크라테스는 절대로 그렇게 하지 않았다.

오늘날 '소크라테스의 변증법'이라 일컬어지는 대화법은 사람들에게 '네' 라는 대답을 이끌어내는 데서 시작된다. 즉, '네'

라고 대답할 수밖에 없는 질문을 계속하면서 어느덧 반대자의 찬성을 이끌어내는 것이다.

소크라테스는 얼굴이 새빨개질 때까지 싸우느니 차라리 전략적인 대화법을 시도하라. 만약 상대가 틀리고 잘못했다면 정정해주고 싶다면, 긍정적인 어조로 말하고, 그러면 상대는 경계심을 늦추고 당신의 길을 따를 것이다 라고 했다.

10. 상대의 긍정

　세일즈맨인 앨리슨 씨는 고객과의 힘들었던 계약에 대한 이야기를 지인들에게 들려주었다.

　제가 담당한 구역에 한 대기업이 있었습니다. 저희 회사는 이 기업과 거래를 트기위해 갖은 정성을 다 쏟았습니다. 하지만 제 전임자는 장장 10여년에 걸친 노력에도 불구하고 단 한 건의 계약도 따내지 못했습니다.

　저 역시 3년 동안 그 기업 사장님을 쫓아다녔지만 아무런 성과도 없었습니다.

　그런데도 한결같이 13년 동안 그 기업을 방문한 결과, 대

기업 측에서는 마침내 저희 엔진을 몇 대 구입하여 시험가동을 해보겠다고 연락이 왔습니다. 만약 이번 거래가 성공적으로 성사된다면 앞으로 수백 대를 팔 수 있는 가능성이 열려 있었습니다.

저는 자사 엔진에 아무 결함이 없다는 것을 확신하고 있었기에 한껏 흥이 나고 부푼 꿈을 가지고 그 기업체를 찾아갔습니다. 하지만 프로젝트 총괄 엔지니어가 내게 말하기를,

"엘리슨, 자네 회사 엔진은 살 수 없을 것 같네."

순간 심장이 철렁 내려앉았습니다.

"무슨 일 때문입니까?"

"엔진이 너무 뜨거워서 만질 수가 없다네."

저는 그 엔지니어와 논쟁을 해봤자 아무 소용이 없다는 걸 직감했기에 그에게 '네'라는 대답을 이끌어내기 위해 잠시 생각을 정리했습니다.

"스미스 씨의 말이 맞는 것 같군요. 정말 엔진이 너무 뜨겁군요. 전기 제조연합회 기준보다 과열되는 엔진은 구매할 수가 없겠지요?"

그는 고개를 끄덕였고, 전 첫 번째 '네'를 얻어냈습니다.

"협회 규정상에 나와 있는 것을 보면, 엔진이 실내온도보다 섭씨 72도 가량 높아지는 건 괜찮은가요?"

"그렇소, 하지만 이 엔진은 그보다 훨씬 더 뜨겁단 말이오."

전 그와 논쟁을 벌이는 대신 계속해서 질문을 던졌습니다.

"공장 온도가 몇 도나 되나요?"

그는 한참 생각을 하다가 대답했습니다.

"아, 대략 섭씨 75도쯤 되지요."

"그럼, 실내온도 75도에 72도를 더하면 기계 온도는 147도가 되겠군요. 147도나 되는 뜨거운 물에 손을 넣으면 데지 않을까요?"

"맞는 말이군요."

그리고 잠시 후, 그는 담당 직원을 불러 3만 5천 달러어치의 물품을 주문하였습니다. 또한 저는 그 순간 '논쟁이야말로 가장 비효율적인 해결책' 임을 깨달았습니다. 그리고 상대방의 입장에 서서 '긍정' 이란 것을 이끌어내는 것보다 더 좋은 방법이 없다는 것을 마음속 깊이 새겼습니다.

11. 목소리가 안 나오는 발표자

몇 년 전, 미국 최대의 자동차 제조업체에서 향후 1년간 사용할 차량시트용 직물을 구매하기 위해 해당 업체들과 협상을 벌이고 있었다.

당시 이 계약 건을 두고 여러 곳의 제조업체가 경합을 벌였다. 이에 자동차 회사 측은 최종적으로 세 곳의 제조업체에게 직물 샘플을 자체적으로 검사할 테니, 각 업체는 정해진 날짜에 최종 프레젠테이션을 발표할 사람을 보내라고 요청했다.

이들 가운데 한 업체의 발표자로 나선 A씨는 심한 후두염을 앓고 있었는데 그는 우리 세미나에서 다음과 같은 이야기를 들려주었다.

"제가 회사 임원진 앞에서 발표할 차례가 되었는데 도무지 목소리가 나오지 않더군요. 회의실에는 직물담당 엔지니어, 구매 담당 매니저, 세일즈 담당자 및 회사 사장이 앉아 있었습니다. 전 자리에서 일어나 무언가 말하려고 애썼지만 전혀 소리를 낼 수가 없었습니다. 그래서 재빨리 여러분, 목소리가 나오지 않아 말씀을 드릴 수가 없습니다. 라는 문구를 써서 보여주었지요. 그러자 그 회사 사장이 나서서 그럼 제가 대신해서 말씀해드리지요 라고 하시더군요. 그는 샘플의 장점을 설명하면서 철저히 제 입장에서 발표를 진행했습니다. 그리고 토론을 할 때에도 저희 측을 옹호하며 많이 도와주었습니다. 그러는 동안 전 웃으며 고개를 끄덕이거나 손짓을 하는 것이 전부였습니다. 이 특이한 프레젠테이션이 끝난 뒤 마침내 저희 업체가 계약을 체결하게 되었습니다. 계약금액도 160만 달러에 달하는, 총 50만 야드의 시트직물을 납품하게 된 것입니다. 제가 만약 목이 멀쩡했다면 계약을 따내기 힘들었을 겁니다. 전 세일즈에 대해 완전히 잘못 이해하고 있었으니까요. 하지만 이번 기회를 통해 '상대에게 말할 기회'를 주는 것이 얼마나 중요한 지를 깨닫게 되었습니다."

12. 상대의 호감을 이끌어내라

　대규모 철강회사에 근무하는 에머슨은 블루클린의 한 파이프기사와 거래를 하고 싶어 했다. 하지만 사업적 수완이 뛰어난 이 파이프기사는 거만한 표정으로 시가를 물고 애머슨을 보자마자 소리쳤다.

　"귀찮게 할 생각 말고 당장 나가시오, 난 아무것도 필요 없소."

　그 후 애머슨은 '도와주세요' 라고 전략을 구사하기로 마음먹었다. 당시 애머슨의 회사는 아일랜드에 지점을 낼 계획이었는데 이곳은 그 파이프기사의 사무실과 무척 가까운 곳이었다.

그래서 애머슨은 다시 그를 찾아가 정중하게 물었다.

"선생님, 이번엔 사업 이야기를 하려는 게 아니라 여쭤볼 것이 있어왔습니다. 오래 걸리진 않을 겁니다."

예전처럼 거만하게 시가를 물고 있던 그는 마땅찮다는 듯이 소리치며 물었다.

"그래, 무슨 일이오? 빨리 말하시오."

"저희 회사에서 지점을 내려고 하는데, 이곳 사정은 선생님께서 제일 잘 아신다 그러더군요. 그래서 선생님의 고견을 듣고 싶어서 왔습니다."

이토록 정중하고 진실한 요청을 처음 받아본 파이프기사는 무척 우쭐한 기분이 들었다. 아니 이렇게 큰 회사의 직원이 내게 조언을 구하다니.

그는 애머슨에게 의자를 권하며 이야기를 시작했다. 지점을 내려는 계획에 찬성한 그는 한 시간여에 걸쳐 지점 개설, 물품 조달 등에 관련된 상세 정보까지 꼼꼼하게 알려주었다. 대규모 철강회사에 자문을 해주다니, 그는 무척 중요한 사람이 된 듯한 기분에 절로 어깨가 으쓱해졌다. 어느덧 더없이 친절해진 파이프기사는 업무 이야기에 이어 개인적인 고민까지 털어놓았다.

"그날 저녁에, 전 거액의 계약뿐만이 아니라 훌륭한 사업파트너까지 얻게 되었습니다. 그렇게 소리만 질러대던 사람과 골프도 치게 되었으니까요. 제가 도움을 청하면서 '당신은 중요한 사람입니다.'라는 자부심을 준 것이 주효했던 것 같습니다."

13. 강요하지 마라

의상 디자이너인 마리는 지난 3년간 한 주도 빠짐없이 한 유명한 디자이너를 찾아뵈었다.

유명 디자이너는 마리를 거절하진 않았지만 한 번도 마리의 디자인을 선택하지 않았다. 매번 한참동안 디자인을 쳐다보고는 "마리씨, 미안하지만 이 디자인은 안 되겠네요." 라고 말했다.

이렇게 찾아뵙기를 약 100여 차례나 했지만 모두 거절당하고 나서야 마리는 자기 자신에게 뭔가 문제가 있다고 새로운 조치를 취해야겠다고 생각했다. 그는 매주 학원을 다니면서 인간 관계론에 대한 강의를 들으면서 새로운 길을 모색해보았다.

그리고 얼마 지나지 않아 그는 새로운 방법을 시도해보았다. 미완성된 디자인을 들고 디자이너를 찾아가 "좀 도와주시겠습니까. 여기 디자인 초안 몇 장을 갖고 왔는데 어떻게 완성하면 좋을까요?" 라고 물었다. 유명디자이너는 미완성의 디자인을 물끄러미 한참 쳐다보다가 이윽고 입을 열기 시작했다.

"여기 두고 가세요. 제가 한 번 손을 보지요." 라고 말했다.

그리고 얼마 후, 마리가 다시 찾아갔을 때 디자이너는 디자인에 대해 수많은 아이디어를 제시해주었고 마침내 그의 의견을 반영한 디자인이 완성되었다. 이후 그 디자인을 판매할 수 있었던 것이다.

마리는 그때서야 예전에 왜 거절당할 수밖에 없었는지 깨달았다.

그때는 마리가 보기에 근사한 디자인을 제시했다. 하지만 지금은 구매자의 의견을 듣고 그에 따라 디자인을 완성하려고 노력한다. 결국, 마리가 디자인을 판매하는 것이 아니라 그가 적극적으로 구매하는 셈이 된 것이다.

이렇게 마리는 짧은 시간동안 10건의 디자인을 판매했으며 더불어 많은 수수료도 챙길 수 있었다.

마리는 디자이너에게 조언을 구했고 그 디자이너는 까다롭게 굴기는커녕 적극적으로 판매 아이디어를 제시해준 것이다.

6

지금 여기가
Start 지점이다

자신감이 충만한 아침이 있다. 그러나 비탄에 잠긴 채 좌절에서 헤어나지 못하는 아침도 있다. 세상이 모두 내 편인 것 같은 날도 있고 모두 날 비웃는 것 같은 날도 있다. 대부분의 사람들은 왜 그런지에 대한 궁금증을 갖고 있을 것이다.

어떤 일을 시작할 때 사람들은 그것을 해도 되는지 다른 것을 해야 하는지에 대해 고민하게 된다. 그것을 결정하는 가장 중요한 요인은 확신이다. 그리고 확신은 자신감에서 비롯된다.

몇 번을 다시 생각하고 고쳐 생각했는데도 여전히 하지 않는 것이 낫다는 생각이 든다면 그것은 거의 대부분 자신감의 문제일 것이다. 그러나 더 중요한 것은 그 사람은 어떤 일도 시작하기 어렵다는 것이다. 자신감은 그런 것이다. 특정한 일에 대해 자신감이 없는 것이 아니라 자신감이 없기 때문에 그 일을 할 수 없는 것이다.

언제나 시작해야 할 정확한 때는 '지금', '바로 지금'이다. 그러나 자꾸만 결정을 유보하고 상황을 더 지켜보려하고 객관적인 근거를 얻으려고 노력하면 영원히 시작할 수 없을지도 모른다.

상황과 환경은 언제나 내 편이 아니다. 객관적으로 생각하면 할수록 상황은 더욱 적절하지 않게 될지 모른다. 내가 준비해야 할 것은 자신감과 용기이다.

1. 자신감을 가져라

　당신은 자신을 어떤 존재로 생각하는가? 어떤 유형의 사람인가? 어떤 형용사를 사용해 자신을 묘사할 수 있는가? 미국의 작가 루이스 아우킨클로스는 "에너지는 우리를 살게 하는 유일한 요소이다. 그 에너지란 결국 삶을 좋아하는 것이 아닐까?"라고 반문하기도 했다. 요컨대 자신감이란 곧 나 자신을 좋아하는 것이다.

　당신은 자신을 긍정적으로 보는가, 부정적으로 보는가? 스스로에게 붙인 별명은 칭찬을 담고 있는가, 아니면 비난하는가? 스스로의 능력을 한정짓고 있는가, 무한한 가능성을 부여하는가? 당신은 자신과 자신의 능력을 존중하는가?

이제 당신의 이상적인 모습을 그려보라. 어떤 존재가 되고 싶은가? 당신이 되고 싶은 그 존재에게 어떤 말을 붙여주고 싶은가? 어떤 특별한 특징을 부여하겠는가?

당신의 지금 모습과 당신이 되고 싶은 이상적인 모습은 서로 얼마나 떨어져 있는가? 두 모습이 거의 비슷하다면 당신은 긍정적인 자아 개념을 갖고 있는 것이다. 현재 모습이 곧 당신이 원하는 모습인 만큼 아마 자신감도 충분할 것이다.

반면 두 모습 사이에 공통점이 전혀 없다면, 자신감도 없을 가능성이 높다. 자신의 모습이 원하는 모습과 전혀 다르니까 말이다. 다시 말해 당신은 자신의 기대치에 현저히 미치지 못하는 상황이라 할 것이다. 그런데 여기서 잠깐 짚어보아야 할 부분이 있다. 현실의 자기 모습에 대한 당신의 생각이 과연 옳은가 하는 것이다. 우리에게는 자신에 대해 냉혹하게 평가를 내려 실제보다 부정적으로 보려는 경향이 있다. 잘 못하는 일에만 초점을 맞추고 잘하는 일에는 좀처럼 점수를 주지 않는 것이다. 자기를 바라보는 눈이 상대적으로 훨씬 야박하다면 자신감을 갖기가 쉽지 않을 것이다.

또 한 가지 중요한 것이 있다. 당신이 되고 싶은 이상적인 모습은 실현 가능한가? 도달할 수 없는 목표를 세운다면 실패할 수밖에 없다. 당신은 완벽주의자인가? 사실 완벽주의자들은 자신감에 대해서는 아예 포기한 것이나 다름없다.

마지막으로 중요한 것은 당신이 스스로에게 어떤 식으로 말하는가이다. 당신 머릿속에서 모든 것을 관찰하고 추측하는 그 작은 목소리는 당신을 돕고 있는가, 방해하는가? 당신에게 힘을 주는가, 의지를 꺾고 있는가?

스스로를 객관적이며 긍정적으로 보는 것이 필요하다. 그래야 정확한 자신의 모습을 볼 수 있고 점검할 수 있으며 고쳐나갈 수 있다. 자신감은 스스로 부여하는 것이다. 자신감이 생겨야 스스로를 믿을 수 있고 자신의 꿈을 확신할 수 있고 계획대로 밀고 나갈 수도 있다. 그리고 어떤 난관이 닥쳐오더라도 힘들지 않게 극복해낼 수 있다.

지금 무엇을 계획하고 있는가? 바로 오늘부터 시작하려는 마음이 있는가? 그렇다면 자신감을 가져라!

2. '언젠가'를 버려라

언젠가는 공부를 할 거야. 언젠가는 여행을 할 거야. 언젠가
는 집안 대청소를 할 거야.

누구나 한두 번 쯤 이런 생각을 해봤을 것이다. '언젠가는'
말이다.

『인생에서 가장 소중한 것』이라는 책에 보면 〈사랑의 블랙
홀〉이란 영화 이야기가 나온다. 이 영화에서 방송국에서 일하
는 주인공은 뉴스특집을 위해 펜실베이아 주의 펑츄토니라는
곳으로 파견을 나간다. 주인공은 현지에 도착해서 계획된 행사
를 취재하고 호텔로 돌아가서 잠자리에 든다. 그런데 둘째 날

그는 이상한 느낌이 든다. 자신이 전날 했던 일과 똑같은 일을 하고 있다는 생각이 든 것이다. 그는 그날도 일을 마치고 잠자리에 들었다. 다시 아침이 되었는데 주인공은 화들짝 놀란다. 어제 들었던 바로 그 음악 소리에 잠이 깼다는 것을 안 것이다. 그뿐이 아니다. 동일한 일기예보를 듣고, 호텔 로비에서는 동일한 사람들과 대화를 나눈다. 그리고 행사장에서 똑같은 사람들과 똑같은 취재 계획을 세우고 똑같은 일을 한다.

여행 중에 공상에 관한 이야기할 때 언급했던 내용만 차이가 있을 뿐 나머지는 첫날부터 똑같이 반복되고 있었던 것이다. 그래서 그는 똑같은 일상을 만들지 않기 위해 물건을 훔치기도 하고 남에게 피해를 주기도 한다. 감옥에 갇히면 달라질 것이라 생각했기 때문이다. 자살도 시도해 보았다.

그러나 다시 다음 날 아침이 되면 똑같은 음악과 똑같은 일기예보에 똑같은 사람들을 만나게 된다.

얼마 후 그는 상황을 냉정하게 관찰하고, 영원히 반복되는 나날을 살아야 할 운명이라면 적어도 그 하루를 가치 있게 만들기 위해 노력해야 한다는 결론을 내린다.

3. 사소한 일에 신경 쓰지 말라

　박물학자인 헨리 에머슨 포스터 박사는 숲 속에 있는 거목에 대해 재미있는 이야기를 들려준다.

　「콜로라도 주에 있는 롱 피크의 경사지에는 거목의 잔해가 놓여 있는데, 그 나무의 수령은 1백 년이 넘은 것이다.

　일찍이 콜럼버스가 엘살바도르에 처음 상륙했을 때는 어린 묘목이었던 것이 영국의 청교도들이 플리머스에 정주하기 시작했을 때는 반쯤 자란 상태였다.

　또한 기나긴 세월 동안 모두 열네 번의 낙뢰를 맞았으며, 수많은 눈사태와 폭풍이 그 나무를 괴롭혔다. 하지만 나무는 굳

세게 버티고 서 있었다.

그런데 그 나무는 결국 투구풍뎅이를 이겨내지 못하고 쓰러지고 말았다. 투구풍뎅이들은 그 나무의 껍질을 조금씩 파고 들어가 끊임없이 공격함으로써 수목의 내부를 파괴했던 것이다.

온갖 세월의 풍파에도 시들지 않고, 번갯불에도 불타지 않았으며, 폭풍우에도 굴하지 않았던 삼림의 거목이 사람의 손끝으로 가볍게 눌러 죽일 수 있는 작은 벌레로 인해 쓰러지고만 것이다.」

우리는 사소한 일로 당황하고 고민하는 경우가 참으로 많다.

인간으로 태어나 이 땅에 머물 수 있는 시간은 기껏해야 수십 년에 지나지 않는데도, 사람들은 채 일 년이 가기 전에 기억 속에서 사라져버릴 불평이나 불만 등을 끌어안고 고민함으로써 귀중한 시간을 허비하고 있다.

그런 의미에서, 디즈테일러의 말은 인생을 살아가는데 많은 것을 생각하게 해준다.

"인생은 작게 살기에는 너무 짧다"

4. 크게 생각해야 크게 이룬다

처음부터 크게 생각하고 시작하거나, 그렇지 못하더라도 '나는 못한다'라는 생각을 하지 말자.

예전에 BBQ치킨으로 크게 성공한 제네시스의 유홍근 사장은 직장생활을 처음 시작했을 때 '내가 이 회사의 최고 경영자다'라는 마음으로 일에 임했다고 한다.

늘 경영자의 안목에서 회사를 보려했기 때문인지 그는 늘 남보다 한 발 앞서서 계획하고 대비할 수 있었으며, 그러다보니 다른 영역까지 수월하게 넘나들 수 있게 되었다고 한다.

그것이 초고속 승진의 바탕이 되었으며, 자신의 사업체를 가지게 된 계기를 만들어 주었다고 말한다.

무슨 일을 하든, 그는 이미 최고 경영자의 마음으로 그 일을 시작한 것이다.

'나는 못 한다'라고 인정하는 것은 스스로 자신의 한계를 낮추어 규정짓는 것이다.

이 말을 바꾸어 말하면, 자신의 한계를 끊임없이 부수어 온 사람만이 정상에 오를 수 있다는 얘기다.

LG전자의 김상수 부회장이 자신의 직장생활에 대해서 이런 말을 했다.

"윗사람들이 뭘 시키면 절대로 못한다라고 하지 않고 겁 없이 일했고, 겁 없이 도전했습니다."

김 회장은 무려 34년간 본사에 올라오지 못하고 지방에서 맴돌았다. 그러나 그보다 잘나가는 동료들을 모두 제치고, 결국 LG전자의 2인자가 되었다.

그의 사전에는 '못한다, 안 된다'가 없었기 때문에 그 자리까지 올라가게 된 것이다.

5. 실패를 두려워하지 말라

높이, 그리고 멋지게 날아오르는 갈매기가 있었다.

갈매기는 훼방을 놓는 안개와 비바람을 무수히 제치면서, 이제 자신이 바라는 지점이 얼마 남지 않았다고 생각했다.

그러나 그때 하늘에서 난데없이 우박이 쏟아졌다. 갈매기는 그만 날개에 우박을 맞고 모래밭으로 떨어지고 말았다.

다시 날아오르기를 포기하고 있는 그에게 나이 많은 기러기가 다가와서 물었다.

"왜 다시 날지 않니?"

갈매기가 대답했다.

"하늘에서 쏟아진 우박을 맞았어요. 하늘은 내가 더 높이 오르는 것을 바라지 않는 것 같아요."

그러자 기러기가 나지막한 목소리로 말했다.

"공중을 나는 새들 가운데 우박 한 번 맞아보지 않은 새가 있는 줄 아느냐, 문제는 우박을 맞았다고 해서, 날아오르기를 포기한 채 너처럼 주저앉는 거란다."

그 말을 들은 갈매기가 물었다.

"그럼 제가 어떻게 해야 하나요?"

"재난은 보다 강하게 해주는 단련인 거야. 그리고 그것은 결코 하지 못한다는 것을 알려주는 통지가 아니라, 기간이 약간 더 필요하다는 것을 깨우쳐주는 연기 통지인 거야."

그 말을 듣고 갈매기가 고개를 끄덕이자, 기러기가 다정한 목소리로 물었다.

"청춘의 또 다른 이름이 뭔지 아니?"

갈매기가 고개를 저었다.

"결코 꺾이지 않음이야."

고개를 쳐드는 갈매기의 눈동자에 파도가 일렁거렸다.

그 눈동자를 바라보며, 기러기가 말했다.

●

"그 우박은 널 주저앉히게 하기 위해서 떨어진 것이 아니야. 다시 도전할 수 있느냐, 없느냐 하는 것을 알아보고자 함이지."

기러기의 말에 힘을 얻은 갈매기는 다시 힘차게 날아오르기 시작했다.

결론은 많은 실패 속에서 경험이 축적된다는 것을 가르쳐주는 이야기인 것이다.

6. 정말 못하는 게 아니라
　　하지 않아서 못하는 것이다

　'미래가 현재의 활동을 이끈다"고 말한 빌게이츠는 도스(DOS)라 불리는 소형 컴퓨터 프로그램에서 미래를 보았고, 컴퓨터 의사 안철수는 브레인(Brain) 바이러스에서 백신프로그램의 미래를 그렸다.

　사람들은 보통 평생의 목표를 '꿈'이라고 말한다.

　그러나 노력하지 않으면 꿈은 몇 백 년이 흘러도 단지 꿈으로만 남을 뿐이다.

　그렇다면 우리에게 필요한 것은 무엇일까?

　그것은 미래에 대해 긍정적인 목표를 세우고, 어떤 고난과 역경이 닥쳐와도 언젠가는 반드시 이루어질 것이라는 믿음을 잃지 않는 것이다.

빨리 인정받지 못한다고 해서 미리 포기하지 말아야 한다.

아무리 큰 문제가 생기고 어려움이 닥쳐도 낙심하거나 포기하지 말라.

윈스턴 처칠이 말했듯이, '절대로, 결코, 무슨 일이 있어도' 중간에 포기하지 말자.

가장 큰 승리는 대개 최후에 오는 법이다.

우리가 어렵다고 생각하는 대부분의 일은 '정말 못하는 게 아니라, 하지 않아서 못하는 것'이다.

끈기에 대해 나폴레옹 힐이 한 말이다.

●분명한 목표-자신이 원하는 것을 분명히 알고 있다.

●간절한 욕망

●자신에 대한 신뢰

●체계화된 탄탄한 계획

●정확한 전문 지식-당신의 계획이 확실하다는 것을 알 수

있다.

- ●협력–당신의 목표를 이해하고 동조하며 도와주는 사람들
  과 협력하면 더욱 끈기를 기를 수 있다.
- ●습관–끈기는 습관으로 만들어진다.

매일 아침 눈을 뜨며 새로운 날을 맞이한다. 오늘은 기회의 날이다. 원하는 것을 처음부터 할 수 있는 완전히 새로운 날이다. 남은 인생에서의 오늘은 언제나 첫날이다. 어떤 일도 새롭게 시작할 수 있고 어떤 결단도 새로 할 수 있다.

남은 삶은 10년, 20년 혹은 30~40년 정도 될 수 있고 더 많이 남았을 수도 있다. 그 시간을 어떻게 활용할 수 있을까?

이 세상에서 다시 살 수 있는 기회를 얻는다는 공상은 재미있지만 우리 모두 그런 기회를 얻을 수 없다는 것은 잘 알고 있다. 문제는 남은 인생을 어떻게 살아내느냐 하는 것이다.

언젠가는 진실로 내게 소중한 것을 할 수 있는 시간이 오겠지라며 자신을 계속해서 속일 수 있겠지만 결국 죽는 날까지 '언젠가는'이라고 말하고 있을 것이다.

그 시간은 바로 오늘이다. 오늘로 정하지 않는다면 현실에

서 그런 시간은 결코 오지 않는다. 남은 인생을 어떻게 살 것인가의 문제는 종종 어떤 사건들을 계기로 불쑥 떠오르기도 한다.

'언젠가는'이라는 말은 꿈을 꾸는 순간에만 필요한 말이다. 그리고 실행에 옮기는 때부터 '바로 지금'이라고 바꾸어야 한다. 남은 인생은 언제나 기회이지만 바로 지금 시작하지 않으면 언제나 언젠가는 남아 있을 뿐이다.

시작할 시간은 바로 이 순간이다.

7

씨앗이 크면
열매도 크다

1. 인생의 목표를 세분화하고 구체화하라

(1) 목표의 범위

인생이란 것은 소설을 읽거나 영화를 보는 것과 다르다. 인생이란 나의 길을 가는 것이기 때문이다. 모든 노력에 대한 결실도 나의 것이고 모든 실패에 대한 대가도 나의 것이다. 영화나 소설에 나오는 주인공은 이미 훌륭한 자질을 갖췄거나 현재의 난관을 잘 극복하도록 지음 받은 몸들이기 때문에 그것을 보고 희망을 품을 수는 있겠지만 실제 삶에서 영화에서처럼 한 시간 반 만에 성공에 이르기는 불가능한 일이다.

성공이라는 것은 과정이다. 오로지 결과만을 놓고 보는 것이 아니다. 우리 삶이 그렇게 쉽거나 단순하지 않기 때문이다. 그리고 금방 끝나는 것도 아니다. 지난한 과정들을 거쳐야 할 때도 있고 벼랑 위를 걷는 것 같은 위험도 지나야 한다. 물론 행복에 겨운 즐거운 시기도 있을 것이다.

중요한 것은 목표까지 적절한 힘을 가지고 꾸준히 그리고 끝까지 가는 것이다. 중도에 멈추거나 포기하는 것은 의미가 없다. 그러기 위해서는 두 가지 동력이 필요하다.

첫 번째는 신념이다. 이것은 된다고 믿는 마음이다. 꼭 이루고 말겠다는 의지다. 할 수 있다는 굳은 믿음이다. 목표에 이르기까지 흐릿해지고 나약해지는 정신을 다잡는 채찍이다. 신념은 긍정적인 사고를 동반하게 하고 잃어버린 나를 찾게 하며 끝까지 달려가게 만드는 힘이다. 신념을 잃어버리면 목표는 흔들리게 되고 타협하게 한다. 처음 가고자 했던 곳에 훨씬 못 미친 곳이라 해도 그 지점에 만족하게 만들어 버린다.

2002년 월드컵을 준비하던 히딩크 감독은 선수들에게 자신감을 불어 넣기 위해 최선을 다했다. 스스로 할 수 있다는 믿음 없이 성공한다는 것은 불가능하다. 인생은 아무도 응원하지 않는 깜깜한 구간도 있는데 신념은 그때 큰 능력을 발휘한다.

두 번째는 구체적인 목표다. 성공한 사람들은 목표를 분명히 알고 있다. 그리고 그것을 항상 되새긴다. 목표는 구체적일수록 좋다. 구체적인 정도는 사람마다 차이는 있겠지만 언제나 점검이 가능한 정도여야 한다.

구체적 목표라는 것은 '언제 어떻게 어디서 무엇을 하고 있겠다'라는 것일 수도 있으나 그보다는 최종 목표에 이르기까지 인생의 각 영역에서 어떻게 살아가겠다는 계획서라고 정의하는 것이 더 합리적일 것이다.

벤저민 프랭클린은 인생의 영역에서 얻어야 할 덕목을 13가지로 나누었다. 절제, 침묵, 질서, 결단, 절약, 근면, 진실, 정의, 중용, 청결, 침착, 순결, 겸손이 그것이다. 이런 덕목을 마음속에 가지고 늘 되새긴다면 중요한 순간에 목표로 가기 위한 옳은 판단을 하게 될 것이다.

폴 J. 마이어는 목표를 각각 정해야 할 인생의 영역을 정했는데 그것은 다음과 같다.

신체-건강 영역, 지식-교육 영역, 재정-직업 영역, 가족-가족 영역, 정신-윤리 영역, 사회- 문화 영역 등이다.

어떤 것이 되어도 좋다. 인생의 목표를 정할 때 이런 인생의 영역을 확정하고 그 다음 기한을 정하고 무엇을 어떻게 하겠다고 정하는 것이 좋다.

(2) 명확한 목표

목표는 단순한 바람이어서는 안 된다. 불처럼 뜨거운 열정과 간절한 희구(希求)가 있어야 한다. 그리고 목표를 실현하기 위해서는 어떤 희생도 치를 각오가 되어 있어야 한다.

목표는 명확할수록 성공과 가까워진다. 명확하고 구체적인 목표를 품고 있어야 위기가 닥쳤을 때 빠져나갈 길을 찾을 수 있다. 그리고 자기를 도와줄 사람, 기회를 발견할 수 있을 것이다.

나폴레옹 힐은 목표를 명확하게 하는 것만으로도 주변으로부터 목표 달성을 도와주는 손길이 생긴다고 했다. 그 자신도 불가능해 보이던 목표를 달성해 나가는 과정에서 매번 도움의 손길을 받았는데, 그는 그것을 '자신의 뒤에 있는 투명인간으로부터의 도움'이라고 표현하기도 했다.

목표를 명확하게 하는 것으로 인생을 바꾼 사람들은 얼마든지 있다.

노스캐롤라이나 출신의 하반신 불구자 로이드 코리엘도 그랬다. 그는 10대 때 심한 병으로 평생을 하반신 불구로 살아야 했다. 그럼에도 그는 언제나 즐거움을 잃지 않았고 자신감이 넘쳤으며 명랑했다. 그러나 그것만으로는 부족했다. 그의 인생을 허비하지 않게 할 삶의 목표가 있어야 했다. 그는 그의 마을에서 가장 멋진 보석점을 갖겠다는 목표를 세우게 된다. 그리고 그 목표를 잊지 않기 위해 날마다 여러 번 큰소리로 외쳤다. 자기가 하는 말을 듣는 것이 긍정적인 생각을 갖게 하는데 상당히 큰 효과가 있다는 것은 많이 알려져 있는 이야기다.

세월이 흘러 로이드는 자신이 목표한 대로 그 마을에서 가장 멋진 보석점의 주인이 되었고 가장 아름다운 여인과 결혼하여 훌륭한 가정을 꾸렸으며 보석 같은 아이들을 얻게 되었다. 하반신을 평생 못 쓰는 사람인데 말이다. 만약 비관하여 의기소침하게 지냈다면 무엇을 얻을 수 있었겠는가?

명확한 목표는 성공으로 이끄는 강력한 동력이다.

(3) 구체적 목표

근면하고 성실하게만 살면 언젠가 부자가 되겠지 라고 생각하는 사람들이 아직도 있을지 모르겠다. 그런 사람은 평범하게 빚지지 않고 살 수 있을지는 모르겠지만 큰 부자가 될 수는 없다. 빚 없이 사는 것도 사실 대단한 삶임에는 틀림없지만 세상에 영향력을 주는 사람이 되기에는 조금 부족한 것이 있다.

근면과 성실은 기본이다. 자기의 영역에서 크게 성공하고 싶은 생각이 있다면 근면과 성실 외에 무언가를 더해야 한다. 그것은 아이디어다. 세일즈맨들에게는 아프리카 원주민에게 신발을 팔고 에스키모에게 냉장고를 팔 수 있는 아이디어가 있어야 한다고들 한다.

어떤 출판사의 사장은 대부분의 독자들이 책의 내용보다는 제목을 보고 구매를 결정한다는 사실을 알게 되었다. 그래서 책의 내용은 그대로 두고 표지와 제목만 바꾸어 새로 책을 배포했는데 무려 1백만 부 이상 팔렸다고 하는 전설 같은 이야기가 있다. 이것도 아이디어다.

그런데 여기서 중요한 것이 한 가지 있다. 아이디어는 아이디어로만 남아 있으면 아무것도 아니라는 것이다. 아이디어는 머릿속을 떠나 구체화 되어야 하고 명확해져서 상품으로 다시 태어나야 한다. 그래야 아이디어의 가치를 지니게 된다.

목표도 마찬가지다. 머릿속에만 있는 목표를 떠나 생활이 되어야 한다. 생각이 이루어져야 하는 것이다. 나폴레옹 힐은 생각하는 대로 이루어지기 위한 6단계를 성공을 원하는 사람들에게 알려줬는데 목표를 이루기까지 구체적인 계획을 세우는 데 크게 도움이 될 것이다.

'생각하는 대로 이루기 위한 6단계'

① 마음속에 당신이 원하는 돈의 액수를 분명하게 정하라. 돈을 무조건 많이 벌겠다는 식의 목표설정은 무의미하다. 구체적으로 정해야 한다.

② 당신이 원하는 돈을 받은 대가로 당신은 무엇을 지불할 것인지 결정하라. 이 세상에 대가를 요구하지 않는 보수는 아무 것도 없음을 명심하라.

③ 당신이 원하는 돈을 언제까지 얻고 싶은지 그 날짜를 정하라.

④ 당신의 소망을 이루기 위한 구체적인 계획을 세워라. 아직 준비가 되어 있지 않다고 해도 망설이지 말고 곧 행동에 옮겨라.

⑤ 당신이 얻기 위한 구체적인 돈의 액수, 그것을 얻기 위한 대가, 날짜, 그리고 구체적인 계획 등 4가지 사항을 종이에 적어 두어라.

⑥ 종이에 적은 위의 4가지 사항을 하루에 2번, 즉 아침에 일어났을 때와 자기 직전에 되도록 큰 소리로 읽어라. 이 때 당신은 이미 그 소망을 실현한 것처럼 생각하고 믿어야 한다.

나폴레옹 힐은 이 6단계의 교훈이 돈을 모으는 데만 도움이 되는 것이 아니라 다른 모든 소망에도 그대로 적용된다는 것을 증명해냈다.

그러면 이제부터 맥도날드 창업주 레이 크록 그의 성공철학을 알아보자.

–53세에 맥도날드 1호점을 연 레이 크록

세계적인 패스트푸드 전문 업체인 맥도날드의 창업자 레이 크록의 결단도 드라마틱하다. 평생을 일개 외판원으로 생활했던 레이 크록이 맥도날드 식당을 발견하고 이를 프랜차이즈화 하려 했을 때 그의 나이는 무려 53세였다. 1950년대에는 그 정도의 나이면 은퇴를 당연시 했던 때였다. 하지만 그는 주변의 비웃음을 무릅쓰고 일을 벌였다. 자본도 인맥도 턱없이 부족해 곧바로 경쟁사에 밀렸지만 그는 자신의 목표에 배수진을 치고 "맥도날드에서 실패하면 갈 곳이 없다!"라는 마음으로 올인했다.

레이 크록의 성공 비법은 한 마디로 '올인'이다. 복잡하게 생각할 것 없다. 결단이 성공의 비결이다. 위대한 성공 뒤에는 항상 어떤 결정이 자리 잡고 있다. 승자의 3가지 요소는 그릇과 판단력, 그리고 결단인데 이 중에서 승자와 패자를 결정적으로 구분 짓는 것이 바로 결단이다. 어떠한 결단을 했느냐에 따라 지속적 승자와 일시적 승자로 나뉘는 것이다. 그리고 성공은 끊임없는 결단의 연속이다.

이때 중요한 것은 자신을 믿는 자부심, 자신감을 갖는 것이다. 나와 똑같은 사람은 세상 어디에도 없다. 나는 이 세상에서 유일한 존재다. 70억 명 중 하나라는 사실만으로도 자신의 존재가 얼마나 소중한지 느낄 수 있다. 그런 당신을 빛나 보이게 하는 것이 바로 자신감이다. 당당하게 미소 짓고 초조함으로 말을 많이 하지 않으며, 걸을 때 어깨를 펴고 활기차게 걷는 것만으로도 충분하다. 주위 환경에 기죽지 않으며, 아니면 아니라고 말할 수 있는 당당함. 이런 모습은 사람들로 하여금 당신을 선택하게 만든다. 당신을 놓치는 사람은 평생 후회하게 될 것이라는 자신감을 가져라. 당신은 앞으로 무한히 발전할 것이고, 당신의 노력은 세상 속에서 당신을 빛나게 할 것이다.

자신감을 갖고 일에 집중하면 기회는 자연스럽게 만들어진다. 뒤로 물러서지 말고 아랫배에 힘을 주고 도전하는 것이 바로 자신감이다. 배움에 너무 늦은 때란 없다. 나이 먹어서도 자부심을 가지고 도전하면 기회는 오게 마련이다. 에릭 뒤당이 쓴《50세, 빛나는 삶을 살다》에 소개된 사람들의 평균 나이는 64세가 넘는다. 열정만 있으면 나이와 상관없이 무엇이든 할 수 있다는 자부심, 그것이야말로 그들을 성공으로 이끈 최고의 비결인 것이다.

의식적인 노력을 통해 자신감을 향상시키는 방법도 있다. 우선, 모임에 가면 항상 앞자리에 앉아라. 어떤 모임이든 뒷자리부터 먼저 사람이 차는 것이 보통이다. 뒷자리에 앉는 것은 사람들의 눈에 띄기가 싫어서다. 그런 뒷자리 유혹을 떨쳐버리고 의젓하게 앞자리에 앉는 습관을 들이자. 선생님의 목소리가 정확하게 들리는 앞자리에 앉으면 자신감이 생기고 실제로 딴 짓을 하기도 어려워진다.

두 번째, 차분하게 상대방의 눈을 똑바로 바라보는 습관이 몸에 배도록 하라. 상대방의 눈을 응시하는 것은 상대방에게 이렇게 말하고 있는 것과 같다. '나는 당신에게 아무것도 숨기지 않습니다. 나는 두려워하지 않습니다. 나는 자신 있습니다.' 이렇게 하면 상대방에게 신뢰를 주면서 대화를 진행시킬 수 있다.

세 번째, 25% 빨리 걷는 연습을 하라. 사람은 자기 동작의 스피드를 바꿈으로써 실제로 자기의 태도로 바꿀 수 있다. 이는 심리학자들의 실험 결과에 의한 것으로 보통 사람보다 빨리 걷는다는 것은 자신감 넘치는 태도가 눈에 보인다는 것이다.

네 번째, 누군가에게 지적당해 당황하며 이야기하기 전에 자진해서 말하는 습관을 들여라. 자진해서 이야기하는 것은 자기 말에 확신이 있음을 의미한다. 우물쭈물하는 태도는 그만큼 자신감이 없어 보이며 상대에게 만만한 느낌을 준다.

다섯 번째, 담대하게 웃도록 한다. 이빨이 보이도록 크고 담대하게 웃으면 대화의 분위기는 한층 밝아지고 사람들의 태도에도 여유가 생긴다. 웃음은 자신감 부족에 특효약이다. 자신 있는 것처럼 행동하면 자신감이 붙는다. 성격이 행동을 만드는 게 아니라 행동이 성격을 만들기도 한다.

레이 크록은 "맥도날드에서 성공하려면 햄버거 빵에서 아름다움을 볼 수 있어야 한다."고 말했다. 자신이 하는 일에 대한 진심과 열정 없이는 그 어떤 사업에서도 세계적인 리더가 될 수 없다. 기업 경영에서 지금 필요한 것은 새로운 아이디어를 발견하는 데 있는 것이 아니라 옳다고 이해하는 것을 실행할 힘과 용기다.

(4) 우리는 현재(Present)를 선물(Present)이라 부른다

우리는 과거, 현재, 미래를 여행하는 항해자다. 삶이라는 것은 출생과 함께 어머니라는 항구를 떠나 100년 가까이 죽음이라는 목적지로 항해하는 머나먼 여정이기도 하다. 인생은 쉬운 길이 아니다. 그래서 인생을 고해(苦海)라고 한다. 인생은 과거와 미래가 모두 현재와 연결되어 있다. 지나간 어제는 부도수표와 같고, 앞으로 올 내일은 미스터리에 불과하다. 현재의 삶에 충실한 것이 가장 멋진 인생이다. 살아 있다는 것 자체가 바로 행복인 것이다.

우리가 살아가는 삶의 여정은 참으로 다양하다. 바람 불고 물 흘러가는 대로 내버려둘 수도 있으며 노를 저어 갈 수도 있다. 나만의 돛단배를 만들어 갈 수도 있고 모터보트를 타고 신나게 달릴 수도 있다. 여객선을 타고 다른 사람과 함께 여행을 즐길 수도 있다. 여유가 있다면 크루즈 여행도 가능하다. 하지만 중요한 것은 그 어떤 여행이든 인생은 스스로 항구를 떠나 탐험을 시작해야 한다는 사실이다.

그런데 멋진 항해를 하기 위해서는 훌륭한 내비게이터의 도움이 필요하다. 내비게이터를 통해 현재 내가 있는 위치가 어디쯤인지 파악하는 것은 물론이고 내가 가려는 목적지를 분명하게 정할 수 있다. 빠른 길도 있고 돌아가는 길도 있다. 태풍을 만날 수도 있고 암초에 좌초할 수도 있다. 하지만 나를 향해 달려오는 세상의 거친 파도를 이기는 방법은 파도를 정면으로 돌파하는 것뿐이다.

현재는 정신을 차릴 수 없을 정도로 변화가 빠른 시대다. 폭풍우가 몰아치고 파도가 높은 항로에 접어들었다고 하겠다. 많은 사람들이 소용돌이에서 빠져나오지 못해 허우적거리며 세파에 시달리면서 삶의 목표를 잃고 표류하고 있다. 이런 때일수록 각자의 소중한 내비게이터를 찾아야 한다. 삶의 목표를 정하고 그 목표를 이루어나가는 데 동반자가 되어줄 내비게이터만 있다면 길고도 험한 인생 항로에서 길을 잃지 않고 여행을 계속 할 수 있을 것이다.

기나긴 여정에서 가장 중요한 것은 셀프 내비게이터가 되는 것, 즉 스스로 삶의 목표를 정하고 그 목표를 이루기 위해 열정을 가지고 끊임없이 노력하는 것이다. 거듭 말하지만 어느 누구도 내 인생을 대신 살아주지 않는다. 모든 것은 내가 선택한 길이고 내가 가는 일이다. 하늘은 스스로 돕는 자를 돕는다고 했다. 우리 스스로 자신의 인생을 설계하고 그 목표를 찾아가는 삶이야말로 진정한 축복의 길이다.

인생은 그리 짧지 않고 아직 남아 있는 시간은 충분하다.《용서의 심리학》의 저자 폴 마이어는 "성공이란 미리 설정한 가치 있는 목표를 점진적으로 실현해 가는 것"이라고 했다. 자기 계발 및 동기 부여 전문가 브라이언트 트레이시도 "성공이란 당신이 가장 즐기는 일을 당신이 감탄하고 존경하는 사람들 속에서 당신이 가장 원하는 방식으로 행하는 것"이라고 적고 있다.

자신이 좋아하는 일을 보람 있게 하면서 자기가 하고 싶은 꿈을 이루어 가는 아름다운 과정을 통해 행복한 성공에 이르기를 바란다.

2. 끊임없이 이미지 트레이닝을 하라

(1) 내면의 소리를 들어라

현대에 들어서 가장 중요한 심리학적 발견은 자아 이미지의 발견이라고 할 수 있다. 자아 이미지를 잘 이해하고 자신의 목표에 맞게 이를 변화시키거나 삶을 경영하는 법을 알게 됨으로써 우리는 엄청난 자신감과 힘을 얻을 수 있다.

스스로가 얼마나 인식하고 있느냐와 상관없이 우리 내부에는 어떤 정신적인 청사진이나 그림이 존재한다. 그것을 의식의 눈으로 관찰한다면 다소 모호하고 불명확한 것으로 보일 수도 있다. 어쩌면 의식적으로는 구별할 수 없는 것일 가능성도 있다. 하지만 그런 것은 분명 존재하며, 그 세부 내용까지도 잠재의식에 자세히 기록되어 있다.

이러한 자아 이미지는 '나는 어떤 부류의 사람'이라는 개인적인 생각이다. 그것은 자신에 대한 긍정적인 믿음에서 나온 것이다. 자신에 대한 믿음은 대부분 과거의 경험으로부터 형성된다. 과거의 성공과 실패, 모욕감과 자신감 등이 그것이다.

이 모든 것으로부터 자아가 만들어진다. 자신에 대한 생각이나 믿음이 일단 형상화되면, 개인적인 면에 관한 것이라면 '진실'이 된다. 사람들은 그것에 대한 타당성을 의심하지 않고 그것이 마치 진실인양 행동하려고 하는 것이다.

자아 이미지는 자신이 성취할 수 있는 것과 그렇지 못한 것, 자신이 하기 어려운 것과 쉬운 것, 심지어는 집안의 온도를 조절하는 자동 온도 조절기처럼 분명하고 합리적으로 다른 사람들이 자신에게 어떻게 반응하게 할 것인지를 조절한다.

특별히 개인의 모든 활동, 감정, 행동, 능력은 자신이 만들어 낸 자아 이미지와 항상 일치한다. 여기서 '항상'이라는 단어를 살펴보자. 이 말은 의식적인 노력이나 의지에도 불구하고 자아 이미지에 반하는 행동은 할 수 없다는 것을 가리킨다. 그러므로 자아 이미지를 잘 관리하는 것은 무엇보다 중요하다.

(2) 자기 혁신의 시작

‘뚱뚱한’이미지를 갖고 있는 사람이 있다. 그 사람은 단 것을 좋아하고 패스트 푸드를 끊지 못하며 운동할 시간이 없다. 아무리 노력해도 살을 빼거나 조절할 수 없다. 그런 사람은 자신의 이미지를 뛰어넘는 어떤 초인적인 능력을 발휘해도 그것으로부터 탈피할 수 없다. 혹시 그렇게 된다 해도 금방 다시 원 상태로 돌아갈 것이다.

자신을 실패한 인생으로 생각하는 사람은 아무리 좋은 의도나 강한 의지를 가지고 있고 좋은 기회가 있더라도 실패하고 말 것이다. 자신을 부당한 희생자라고 여겨 항상 고통당한다고 생각하는 사람은 반드시 그런 상황에 직면하게 될 것이다.

이것은 법칙이다.

자아 이미지는 우리의 전체적인 인격과 행동, 환경을 형성하는 전제이자 기초이며 우리 삶의 밑바탕이다. 그에 대한 결과로 우리의 경험은 자아 이미지를 증명하고 그것을 강화시켜 주며, 악순환이 계속되거나 혹은 좋은 일만 계속 생기게 하는 것이다.

예를 들어 F학점만 계속 맞는 학생이 있다고 하자. 그 학생이 스스로를 F학점만 계속 받는 사람이라고 생각해 버리거나 어떤 과목에 대해 소질이 없다고 결정해 버리면 그 학생은 성적표라는 결과물을 통해 그렇게 생각해 온 것이 사실이라는 증명을 한 것이 되고 만다.

다시 말하면 그 학생은 자신의 노력이나 환경의 변화와 각 성과는 상관없이 자신이 그런 점수를 받는 것을 증명함으로써 자신이 원래 그런 사람이라는 공고한 진리를 타인에게도 증명하려고 한다는 말이다.

마찬가지로 세일즈맨이 자신의 약점이나 부족한 부분에 대해 보강하고 노력할 생각은 하지 않고 그 어려운 부분에 대해 이미 결정되어 있는 부분이라 어떤 방법으로도 바꿀 수 없다고 자신이 증명하려고 한다는 것이다.

그렇다면 그 사람은 언제나 그 부분에서 넘어지며 좌절하며 반복적인 악순환 속에 빠져 들 수밖에 없는 것이다.

그러나 일단 자아 이미지를 변화시켜야 한다는 생각을 갖게 되면 그 사람에게는 놀라운 변화가 일어난다. 이를테면 F학점 학생의 성적과 세일즈맨의 성과가 눈에 띄게 향상될 것이다.

분명히 말하지만 '모든 것은 생각에만 달려 있는 것이 아니다.' 생각이 모든 것을 좌우한다기 보다는 오히려 생각은 언제나 바꿀 수 있다는 것을 명심해야 한다. 이것은 생각의 틀을 바꾸면 모든 것은 변할 수 있다는 것을 의미한다. 만일 이런 생각의 틀이 바뀐다면 자아 이미지는 사람을 자유롭게 하고 잠재능력과 경험을 자극시켜 아주 다른 결과물을 만들어낼 것이다.

자아 이미지에 대한 가장 중요한 진실은 변할 수 있다는 것이다. 수많은 사건과 사례들은 나이와 조건에 상관없이 자아 이미지를 변화시킬 수 있다. 다시 말해서 너무 어리거나 너무 가혹한 환경이라고 해서 자아 이미지를 바꿀 수 없는 것은 아니다. 누구나 자아 이미지의 변화를 통해 새로운 인생을 시작할 수 있다.

(3) 자아 이미지를 바꾸지 않으면 아무것도 변하지 않는다

우리의 습관이나 인격 또는 삶의 방식을 바꾸기 힘든 이유 중의 하나는 그것을 바꾸려는 모든 노력이 자아보다는 자아를 둘러싼 외부 쪽을 향해 있기 때문이다. 수많은 부정적 자아 이미지 소유자들은 이렇게 호소한다.

"긍정적 사고를 하라는 말씀이죠? 이미 다 해봤지만 아무런 효과도 없었어요."

그러나 이러한 사람들에게는 그들이 과연 어떤 특정 상황이나 습관 또는 성격상의 결함에 대해 긍정적인 생각을 하고 있는지, 그렇게 하려고 노력했는지에 대해서 의문을 제기해 볼 수 있다. 그들은 대부분 자신의 자아 이미지를 절대로 바꾸려고 하지 않는다.

예수는 헌 옷에 새 천 조각을 대는 것이나 낡은 부대에 새

술을 담는 어리석은 일을 하지 말라고 했다. 긍정적 사고는 옛 것이나 동일한 자아 이미지에 새로운 천 조각을 덧대는 경우에는 성공적으로 작동할 수 없다. 사실 부정적인 자아를 가지고 있는 사람이 특정 상황에서 긍정적으로 생각을 바꾸기란 불가능하다. 수많은 실험 결과에서 알 수 있듯 일단 자아 이미지가 변하면 새로운 자아 이미지와 일치하는 다른 일들도 손쉽게 성취된다.

(4) 성공과 실패는 자아 이미지에 의해 좌우된다

성공과 실패가 자아 이미지에 의해 좌우된다는 것을 증명하는 설득력 있는 실험을 한 사람이 있다. 바로 자아 이미지 심리학의 선구자인 프레스코트 레키(Prescott Lecky) 박사다. 그는 개인의 인격을 개념의 시스템으로 이해했으며 이 모든 개념들은 서로 일관성을 가지고 연결되어 있다고 말했다. 이 개념의 시스템과 일치하지 않는 개념은 거부되거나 받아들여지지 않았으며 행동으로 옮겨지지도 않는다. 물론 시스템과 일치하는 개념은 수용된다.

개념의 시스템을 형성하는 근본 원리이자 중심적 위치에 있는 것이 바로 자아 이미지 또는 자기 자신에 대한 생각이다.

레키는 교사였던 까닭에 자신의 이론을 수천 명의 학생에게 실험할 수 있었다. 그는 자신의 학생들이 어떤 과목을 학습하는 데 애를 먹는 경우, 그것은 그 과목을 배우는 데 자신을 일치시키지 못했기 때문이라는 주장을 한다. 그는 만일 학생들이 자아 이미지를 변화시키도록 유도할 수 있다면 학습 능력 또한 크게 향상될 것이라고 한다.

이런 생각은 다음과 같은 사례를 통해 증명되었다. 단어 시험에서 100개 중 55개의 철자가 틀려서 여러 과목에 낙제를 했던 학생이 다음 해에는 평균 91점을 받아 교내에서 가장 뛰어난 학생이 되었다. 학점이 나빠 학교를 그만둔 한 여학생은 콜롬비아대학에 입학해서 전 과목 A학점을 받는 우등생이 되었다. 시험 당국으로부터 영어를 구사할 능력이 없다는 통보를 받은 한 소년은 다음 해 문학상에 응모해 표창을 받기도 했다.

그 학생들이 지닌 문제점은 그들이 아둔하거나 기본 자질이 부족해서 생긴 것이 아니었다. 문제는 부적절한 자아 이미지었다.

"나는 수학적인 개념이 없어요."

"나는 천성적으로 철자 개념에 약해요."

한마디로 그들은 점수와 실패를 '동일시'했던 것이다. 그저 "시험에 떨어졌어요."라고 말하는 대신에 "나는 실패자입니다."라는 결론을 먼저 내렸던 것이다.

그보다 더 설득력 있는 이야기도 있다. 레키 박사가 만난 사람들 중 가정주부인 A씨는 낯선 사람을 만나는 일이 두려워 한 번도 집 밖으로 나가지 않았었는데 레키 박사와 상담 후 현재 대중 연설가가 되어 열심히 일하며 살아가고 있다. 또한 영업이 자기 적성에 맞지 않는다고 생각해서 항상 사직서를 준비해 두었던 세일즈맨이 6개월 뒤 전체 사원 100명 중 최고의 세일즈 사원이 된 경우도 있다. 한 목사는 신경과민과 매주 계속되는 설교 준비로 인한 압박감으로 퇴직을 고려하고 있었는데 현재 주일 설교 외에도 일주일에 두세 차례 순회 설교까지 하는 경우도 있다. 그 목사는 자신이 신경과민이라는 사실에 더 이상 신경 쓰지 않는다.

위의 이야기는 레키 박사와 상담 후 자아 이미지를 바꾼 경우이다.

(5) 자아 이미지가 가지고 있는 비밀

자아 이미지는 성공뿐 아니라 실패의 경우에도 공통적으로 결정적인 요소가 된다.

자아 이미지가 가지고 있는 비밀은 다음과 같다. 진정으로 산다는 것, 다시 말해서 합리적으로 만족하는 삶을 살기 위해서는 적절하고 진실에 바탕을 둔 자아 이미지를 지니고 있어야만 한다. 그러기 위해서는 먼저 자신에게 적합한 자아를 발견해야 한다. 그리고 건강한 자존심을 지녀야만 한다. 또한 자신이 신뢰하고 믿을 만한 자아를 발견해야만 한다. 부끄럽지 않고 숨기는 것이나 감추는 것 없이 창의적이고 자유롭게 자신을 표현할 수 있는 자아를 지니고 있어야 한다. 마지막으로 자신의 강점과 약점 모두를 알고 있어야 하며, 그것들에 대해 스스로 솔직해야만 한다. 자신의 자아 이미지는 그 이상도 그 이하도 아닌, 합리적인 수준의 "자기 자신"이 되어야 한다.

　이러한 자아 이미지가 지속적으로 안전하게 보존되면 기분이 좋아진다. 하지만 이것이 위협받으면 걱정이 앞서고 불안감을 느끼게 된다. 자아 이미지가 적절하고 아주 자랑스럽게 생각된다면 자신감을 느낄 것이다. 우리는 자유롭게 자기 자신을 느껴야 하며, 표현할 수 있어야 한다. 그리고 최선의 상태에서 능력을 발휘해야 한다. 자아 이미지가 부끄러움의 대상이 되는 경우, 사람들은 그것을 표현하기보다는 숨기려는 경향이 있다. 한마디로 자아 이미지를 창조적으로 나타낼 수 없는 것이다. 이렇게 되면 타인에 대해 적대적으로 변하고, 함께 어울려 살아가기도 힘들어진다.

　얼굴의 상처가 자아 이미지를 강화시켜 주는 경우에는 자부심과 자신감이 증가된다. 그러나 얼굴의 상처가 자아 이미지의 가치를 떨어뜨리는 경우에는 자부심과 자신감을 상실하는 결과를 낳게 된다. 결론적으로 얼굴에 난 흉터를 수술로 고친다고 해도 손상된 자아 이미지에 이와 유사한 수정을 하지 않는다면 수술로 인한 심리적인 변화는 크기 않을 것이다.

3. 성공과 실패 모두를 자산화 하라

실패는 우리의 일상에서 가장 부담스러운 단어다. 그래서 가급적 입에 올리지 않고 피해버리고 싶은 생각이 든다. 충분히 그럴 수 있다. 중요한 것은 실패에는 십중팔구 힘겨운 감정이 따라붙는다는 것이다. 실패의 경험이 얼마나 고통스럽고, 우리를 무능력자로 만드는지 잘 알고 있다.

실패와 함께 오는 압도적이고 엄청난 상실감의 위력은 굳이 말로 표현할 필요가 없지 않겠는가!

실패의 경험은 완전표백이 불가능하다. 하지만 실패자라는 말 자체는 얼마든지 다시 정의될 수 있고 다시 평가될 수 있다.

실패는 당사자를 불구로 만들기보다 오히려 강자로 만들 수 있다. 우리가 어떻게 반응하느냐에 따라 주먹은 우리를 날려버릴 수도 있고 더욱 강하게 단련시킬 수도 있는 것이다.

좌절도 마찬가지로 성공의 메신저가 될 수 있다. 경영자는 자기 직원의 좌절감을 배움과 성장의 기회로 변화시킬 수 있어야 한다.

실리콘 밸리의 모험가들은 이미 실패라는 단어의 진정한 뜻을 알고 있다. 그들은 실패를 일종의 통과의례로 생각하며 '경험에서 배워 성공으로 가는 디딤돌'이라고 이야기 한다. 물론 아직 실패하지 않았다면 억지로 실패를 경험할 필요는 없다. 하지만 실리콘 밸리에서는 실패를 얼마나 잘 참아내느냐가 이 지역의 특징인 동시에 역동성의 일부를 이루고 있음을 부인할 수 없다.

그런 자세의 핵심은 실패와 좌절이 반드시 뒷걸음은 아니라는 확신이다. 실패의 사례를 연구하고 검토하는 것은 새로운 싹이 날 수 있도록 산을 홀랑 태워버리는 것과 같다고 보고 한 연구도 있다.

실패와 친숙하게 지내던 사람들은 많이 있다.

유명한 발명왕 토마스 에디슨, 자동차 왕 헨리 포드 등 셀 수 없다.

하지만 찰스 케터링만큼 실패를 엄청난 열정으로 껴안았던 사람은 없다.

(1) 실패를 노래하는 음유시인

1958년에 세상을 떠난 찰스 케터링은 토마스 에디슨 다음가는 발명왕으로 추앙받았다. 그는 자동차 엔진의 전기 시동장치를 비롯해 200건이 넘는 특허를 따냈다. 케터링은 냉장고와 노킹방지 휘발유, 디젤엔진, 급속건조 페인트, 가정용 에어콘 등의 개발에도 중요한 역할을 했다. 이러한 혁신 덕분에 케터링은 델코의 창업자인 동시에 제너럴 모터스의 부사장으로 막대한 부를 모을 수 있었다.

케터링이 이룩한 성공의 열쇠 하나는 형편없는 시력이었다. 대학에서는 옆자리의 동료가 큰 소리로 책을 읽어주어야 할 정도로 눈이 쉽게 피로해졌다. 케터링은 나중에 엔지니어로 활동할 때도 청사진이나 계약서의 숫자가 안 보여 무척 고생을 했다. 이런 신체적인 문제 때문에 케터링은 내면의 시력에 더욱 마음을 쏟게 되었다. 그러면서 케터링은 시력이 좋았다면 오히려 그리지 못했을 더욱 크고 풍요롭고 흥미로운 그림을 그릴 수 있었던 것이다.

자신의 경험에 매달리느라 케터링은 제도교육에 거의 시간을 투자하지 못했다. 그는 학교에서 배운 지식이 진정한 발명의 재능을 도와준다기보다 오히려 방해하는 경우가 많다고 생각했다. 너무 많은 교육을 받은 사람들은 자기가 배운 대로 밖에 못하기 때문에 새로운 발견을 할 가능성이 희박하다는 것이었다. 그는 시험에 떨어질까 봐 전전긍긍하는 학생들을 보면 시험의 실패가 인생의 종착역이라는 잘못된 교훈을 배우는 것 같아서 안타깝다고 했다. 케터링에게는 오히려 학교에서 쫓겨난 것이 다행인 셈이었다. 그는 이런 말을 즐겨 했다.

"만일 어떤 훌륭한 연구원이 999번 실험에 실패하다가 마지막 1천 번째 실험에서 성공을 거두었다면, 그 마지막 성공이 중요한 것이다."

케터링은 '정상적인' 교육을 받은 사람이 꼭 알아야 할 지식에 대해서 이렇게 말했다.

"실패는 불명예가 아니다. 실패의 경과를 분석하여 그 원인을 알아내면 된다. 그러려면 지혜롭게 실패하는 법을 배워야 한다. 실패야말로 이 세상에서 가장 아름다운 예술이다. 누구든 실패하면서 성공에 다가가기 때문이다."

오늘날 기업가의 태도는 과거 발명왕의 태도와 그다지 다르지 않다. 헨리 포드는 실패를 '다시 시작하되 더욱 지혜롭게 시작할 수 있는 기회'라고 불렀다. 이 말은 자신이 직접 겪었던 경험에서 나온 것이다. 포드자동차 회사가 성공을 거두기 전에 그는 벤처회사를 두 차례 경영했지만 모두 실패했다. IBM 회장인 토마스 왓슨은 젊은 시절 이렇게 말했다.

"성공에 이르는 가장 빠른 길은 실패의 비율을 곱절로 높이는 것이다."

실패에 대한 철학적인 태도는 리더의 특징이다. 이들은 숱한 좌절을 겪은 후 성공을 이루어낸다. 성공한 사람들은 모두 현재 그의 삶이 파산에 이르더라도 다시 회사를 차리겠노라고 대답하는 사람들이다. 쓰러지면 처음부터 다시 시작하는 것이다.

지난 세기의 발명가들이나 과거의 사업가들은 오늘날의 벤처 설립자들과 일종의 모험 정신을 공유하고 있다. 이들 모두는 경영방식이라는 측면에서 볼 때 사장이라기보다 탐험가에 가깝다. 또한 이들은 이구동성으로 새로운 어떤 모험을 하려 하지 않는 태도가 모험을 하고 겪는 실패보다 더 나쁘다고 말한다.

그래서 역경의 시험을 통과하기 전까지는 남을 평가할 수 없다고 느끼는 사람도 적지 않다.

코카콜라의 작고한 최고책임자 로베르토 고이수에타는 중요한 전략적 실수를 범한 경험이 있는 관리자들만 신뢰한다고 했다. 어떤 분야든 최고의 경지에 이른 사람들은 평범한 승리보다 장쾌한 패배에 더욱 큰 감명을 받는다. 그런 사람들은 큰 실패가 고차원의 영감에서 나온 산물임을 이해하고 있기 때문이다.

"위대한 도전에서는 실패조차 영광스럽다!"

(2) 찬란한 실패

포크너는 자신이 저술한 모든 작품 중에서도 유달리 『음향과 분노』를 좋아했다. 노벨상 수상작가인 그가 이 작품을 자신의 최대 실패작이라고 생각했기 때문이다.

"우리는 모두 완벽이라는 꿈에 이르지 못했습니다. 그래서 나는 우리의 찬란한 실패를 디딤돌로 해서 불가능에 도전해보려는 것입니다."

포크너의 이러한 태도야말로 모험가들의 전형적인 모습이다. 모든 분야에서 용감한 선구자들은 실패에 최고의 가치를 둔다. 이들의 마음에서 실패란 다가온 기회를 잡았다는 뜻이기 때문이다. 실패가 클수록 잡은 기회도 그만큼 큰 것이다. 정말로 엄청난 실패를 했다면, 그것은 작은 성공에 만족하고 안주하기보다 무언가 더욱 거대한 목표에 도전했다는 뜻이기도 하다. 프랑스의 정치가 조르주 클레망소는 이렇게 말했다.

"인간의 삶이 실패했을 때 특히 흥미롭다는 사실을 나는 잘 알고 있다네."

이런 태도는 무조건 이겨야한다는 식의 사회에서 받아들여지기 곤란하다. 실패는 자신의 무능이나 잘못된 판단력, 혹은 사람의 능력이 미치지 못하는 주변여건 때문일 수 있지만 중요한 것은 당사자는 모험을 해서 무언가를 잃었다는 뜻이다. 그것이 곧 모험의 본질이다. 진정한 모험가는 오히려 실패를 기다린다. 작가이자 영화감독인 마이클 크라이튼은 이렇게 말했다.

"인생의 일정기간을 실패로 보내지 않았다면, 그건 그 사람이 너무 안전한 게임만 했다는 뜻이다."

모험이나 위험의 본질은 실패다. 용기는 득보다 실로 끝나는 수가 많다. 야구선수들은 에러를 거의 하지 않는 내야수보다 도저히 잡을 수 없어 보이는 공을 잡으려다 안 해도 될 에러를 하는 내야수를 더 좋아한다. 그런 선수는 고차원의 야구를 하고 있다는 뜻이기 때문이다. 모든 분야에서 명백한 성공은 야망이 작다는 반증일 수 있다. 큰돈을 따려면 큰돈을 잃을 각오를 해야 한다.

우리는 흔히 주변에서 세계적인 성공사례를 듣고 또 듣는다.

그런데 그런 성공신화가 탄생하기 이전에 있었을 숱한 좌절과 실패의 사례는 거의 들을 수 없다. 오히려 그런 실패와 좌절이야말로 성공신화의 밑바탕인데 말이다.

8

비전을 향한 리더십을
실현하라

꿈과 비전에 대하여 이야기한 최규식 건양대 의공학과 교수의 말을 빌어보고자 한다.

어떤 사람이 헬렌 켈러에게 맹인으로 태어난 것보다 더 불행한 것이 무엇이냐고 물은 적이 있다. 이때 헬렌 켈러는 주저 없이 "시력은 있으되 비전이 없는 사람입니다." 라고 대답했다고 한다. 인간은 꿈을 먹고 자란다. 인류 역사에 큰일을 한 사람들은 다 위대한 꿈을 가지고 살았던 사람들이다. 꿈이 사람을 만든다.

꿈에는 욕망이 있고 비전이 있다. 욕망은 인간의 감정에서 나온 것이며 한계가 있는 것이다. 그러나 비전은 영원하다. 욕망은 자기만을 생각한다. 그러나 비전은 세계를 껴안고 품어낸다.

욕망은 사람과 경쟁하여 얻는다. 그러나 비전은 자기를 희생하여 다른 사람을 살린다. 우리는 모두 원대한 꿈을 가지되 비전을 가지고 그 영향을 뿜어내는 사람이 되어야겠다.

꿈과 비전은 행복의 무지개, 행복의 청사진이다. 현재는 과거의 꿈과 비전의 열매이며, 미래는 꿈꾸는 사람이 주인이다. 먼저 꿈을 꾸자. 그 다음에 비전을 품자. 꿈은 자기의 행복이지만, 비전은 세상의 행복이다. 꿈은 욕구에서 나오지만, 비전은 가치에서 나온다.

꿈을 이룬 사람은 부러워하지만, 비전을 이룬 사람은 존경한다.

꿈 너머 꿈 비전을 가지자.

비전(Vision)이란 미래에 대한 꿈이나 장래 희망을 말하며, 목표는 목적을 이루려고 지향하는데 있어 정해진 시간과 제약 조건 하에서 달성하고자 하는 특징을 가지고 측정 가능한 성취상태를 말한다.

따라서 성공하기 위해서는 비전과 목표가 뚜렷해야 한다. 미래에 대한 자기의 비전을 명확히 해야 하기 때문이다. 예컨대 비전을 수립한다는 것은 성공하기 위한 방향을 설정한 것과 같다.

성공을 위한 비전을 수립하기 위해서는 자아 정체성 '나는 누구인가? 나는 무엇을 하고 싶은가? 나는 어떻게 할 것인가?'를 확립해야 하며, 자신을 정확히 열기 위한 SWOT분석 '나의 장점과 단점은 무엇인가? 나를 둘러싼 환경의 기회와 위협은 무엇인가?'를 해야 하며, 개인의 성장 방향 '나의 어떤 커리어를 만들 것인가? 나의 어떤 직업을 가질 것인가?'를 설정해야 하며, 긍정적인 생각 '나는 어느 정도 긍정적인가? 나는 긍정의 힘으로 비전을 실현할 수 있다고 생각하는가?'를 가져야 하며, 또한 그에 따른 실천 전략 '핵심 성공요소는 무엇인가? 비전 실천을 위한 장애물은 무엇인가? 비전과 전략을 공유할 수

있는가? 전략은 주기적인 평가를 할 수 있는가?' 라고 목적의

식을 세워야 하고, 비전 선언문 작성 '단기적인 비전은 계획되

었는가? 장기적인 비전은 계획되었는가? 생활의 신조는 계획

되었는가?'를 최선을 다하는 정신과 자세로 실천하여야 한다.

1. 인생목표 비전

　　지금 여러분은 어떤 생각을 가지고 인생을 살아가고 있는가? 지금 우리는 행복을 추구하는 비전을 갖지 못하면 흘러가는 세월 속에 남을 모방하는 삶을 살던지, 어쩔 수 없는 삶을 허무하게 낭비하며 살게 될 것이다. 하지만 비전을 가지면 우리의 인생은 목적이 있기 때문에 즐거울 수밖에 없다. 우리가 지금 하고 있는 일 한 가지에 목적을 두지 말고, 그 일을 통해 어떤 목적을 달성하려는 비전을 세워야 한다.

　　비전이 없다는 것은 우리의 인생이 죽은 것과 다를 바가 없다. 비전이 있으면 정확한 목표가 있기 때문에 달성하는 그 과정 속에서 고되고 힘들어도 일을 하는 즐거움을 찾게 된다. 그러나 비전이 없으면 하는 일에 목표가 없으므로 재미도 없고 억지로 해야 한다는 수동적인 자세로 일을 대하기 때문에 성과도 없다. 결국 비전이 없으면 우리의 인생은 즐겁지 못하지만, 비전이 있으면 자신의 꿈을 실현하기 위해서 살아가기 때문에 우리의 인생은 행복하다.

여기서 한 가지 예를 들어보면 두 친구가 같은 직업을 선택했을 때의 차이점이다.

에디와 사만다는 전 세계를 두루 구경하고 싶어 스튜어디스를 지망한 입사 동기이다. 에디는 스튜어디스 그 자체에 만족하였고, 사만다는 단순하게 구경하는 것만으로 그치지 않고 스튜어디스라는 직업을 토대로 호텔 체인이나 여행 관련 사업의 목표를 두고 그를 실현하고자 하는 비전을 갖고 있었다.

그러하기에 에디는 스튜어디스 업무에만 충실하였고, 사만다는 스튜어디스 직무뿐만 아니라 그녀가 다니는 나라나 도시들을 돌아보고 그 곳에 대한 지식을 쌓아갔다. 이를테면 그 도시를 찾는 여행객은 어떤 사람들인지, 그 도시의 특징은 무엇인지, 그 도시의 문화와 축제, 유래, 구경거리, 먹거리 등에 대한정보를 차곡차곡 노트에 메모를 해 두었던 것이다. 그리고 기내에서 승객들을 돌아보면서 그 도시를 찾아가는 여행객들에게 그 도시에 대한 여러 가지 유익한 정보를 친절하게 알려 주었다.

어느 날 그녀가 근무하는 항공회사의 고위 간부가 직원들의 서비스 상태를 평가하기위해 현장 조사를 나왔는데 그 간부는 사만다의 그런 모습을 보고 크게 놀라고 감동을 받고 바로 사장에게 보고 하였다.

"사만다는 스튜어디스로 일하기에는 우리 회사로서는 너무 아까운 인재입니다. 그녀는 우리 노선이 닿는 모든 도시를 샅샅이 꿰뚫고 있고, 각 도시 등의 특성이 무엇이며, 그 특성에 따라 무엇을 하여야 할지를 미리 내다보고 준비하는 자세로 일하고 있습니다. 마치 걸어 다니는 백과사전과도 같았습니다."

그 결과 사만다는 승진까지 하고 본사에서 근무하게 되었으며 그녀가 맡은 직책은 각 도시에 대한 안내 책자를 만드는 일이었다. 그로부터 몇 년 후 사만다는 항공회사를 그만두고 여행사대리점 사장이 되었다. 그녀의 대리점은 여행업계에서 알아주는 성공적인 사업체가 되었다.

한편 에디는 세월이 흐름에 따라 스튜어디스란 직업에 점점 싫증을 느끼고 당장이라도 이 지겨운 직업을 벗어나 결혼이나 했으면 좋겠다는 푸념만 늘어 가고 있었다.

이 두 사람의 유형으로 볼 때 에디와 사만다의 차이점은 무엇인가? 그것은 비전이 있느냐 없느냐 차이였다. 사만다는 목적이 있기에 열정적으로 일을 하였고 주위 사람들에게도 아름답게 보였던 것이다. 결과적으로 비전이 있고 없고의 차이가 성공의 열쇠가 된다.

2. 성공적인 비전에 도전하라

"젊은이들아, 집안이 나쁘다고 탓하지 말라. 나는 어려서 아버지를 잃고 고향에서 쫓겨났다. 가난하다고 말하지 말라. 나는 들쥐를 잡아먹으며 연명했고, 내가 살던 땅에서는 시든 나무마다 비린내만 났다. 적은 밖에 있는 것이 아니라 자신의 안에 있다."

징기스칸은 한 사람의 꿈은 꿈으로 끝날 수 있지만 만인(萬人)이 꿈을 꾸면 그 꿈이 현실이 될 수 있다는 신념으로 전체를 이끌어 갔다.

지도자의 비전과 철학의 중요성이 돋보이는 부분이다. 그중에 중요한 것이 합리성이다.

성공은 우연히 찾아오는 것이 아니라 준비하는 사람의 것이라는 말이 있다. 성공을 기대도 하지 않았는데 찾아오는 법이 없다는 말이다. 성공을 기대하지 않는 사람에게는 성공이 찾아와도 성공인지를 모르고 지나가는 경우가 대부분이다. 따라서 정확한 비전을 가지고 있어야 성공할 수 있다.

그러나 어떻게 생각하면 '비전을 찾는다는 것은 정말 쉬운 일이 아니다. 비전과 목표라는 것은 누군가 나에게 쥐어주는 것일 수도 있고, 스스로 세울 수도 있다. 한 번도 비전을 어떻게 찾아야 하는지를 생각해본 적이 없는 사람에게는 비전을 달성하는 것 이상으로, 자신의 비전을 찾는 방법을 아는 것은 쉽지 않다는 것이다. 그 이유는 자신의 마음 속 깊이 인정하지 않은 비전과 목표의 경우 달성하기도 쉽지 않을뿐더러, 달성한다고 해도 행복하지 못하기 때문이다.

비전을 좀 더 쉽게 찾기 위해 예를 들면, 성공하기 위한 개인과 조직의 비전은 현실적이어야 한다. 희망적인 단어들의 나열이라면 현실과 동떨어질 수밖에 없다. 성공하기 위해서는 자신이나 조직의 현실을 정확히 인식하고 미래에 대한 변화 방향을 인식하고 비전을 수립하는 것은 매우 중요하다.

또한 '나는 무엇이 되는 것이 좋을까?' '나의 적성에는 어떤 일이 가장 적합할까?' '내가 가장 잘 알고 접근할 수 있는 일은 무엇일까?' '지금 하는 일과 어떤 일을 병행하면 더욱 효과적일까?' '미래에는 어떤 일을 하면 좋을까' 등에 대한 충분한 사고를 통하여 자신에게 맞는 비전을 세워야 한다.

성공하기 위하여 비전을 세웠다면 그 비전을 달성하기 위하여 어떤 종류의 노력이 얼마만큼 필요한가라는 정확한 목표를 세우고 정확한 목표에 부합하는 구성요소들을 계획하고 분석하면 그만큼 목표를 빨리 달성할 수 있다.

하지만 정확한 목표를 설정하기 위해서는 '내가 행동을 취했을 때 나타나는 결과가 무엇인가?' '목표를 달성했을 때의 성과는 구체적으로 어떻게 될 것인가?' '목표 달성을 위한 구체적인 날짜와 시간은 어느 정도 필요한가?' '목표 달성을 위한 재정. 인적자원, 물적 자원은 어느 정도 필요한가?' '목표 달성을 위해 투여한 자원들에 비하여 얻은 것은 얼마나 되는가?'에 대하여 고려해봐야 한다.

3. 비전이 커야 성공도 크다

비전을 설정하기 위하여 투여해야 하는 노력은 큰 비전이나 작은 비전이나 같은 것이다. 따라서 비전의 크기를 잡는 것은 자신의 마음인 것이다. 비전을 크게 잡을 수도 있고, 작게 잡을 수 있다. 일부의 사람들은 자신이 처음 시작하는 시점에서는 꿈을 작게 잡는 경우가 많다. 그러나 옛말에도 '호랑이를 그리려다 못 그리면 고양이를 그리고 고양이를 그리려고 하면 아무 것도 못 그린다.'라는 속담이 있다. 이는 꿈을 크게 그리면 비전을 다 실행하지 못하여도 그만큼 성공에 가까이 다가설 수 있으나 비전이 작으면 결국 실패할 확률이 높다는 것을 의미한다.

따라서 이왕 같은 노력을 들일 바에는 꿈을 크게 가져 보자. 역사 속에서도 커다란 비전을 가짐으로서 자신의 성공은 물론 세계를 변화시킨 인물들 중에 앞에서도 언급한바 있지만 징기 스칸만큼 커다란 꿈을 실현시킨 사람은 그리 많지 않다.

-징기스칸의 어록-

-집안이 나쁘다고 탓하지 말라.

나는 아홉 살 때 아버지를 잃고 마을에서 쫓겨났다.

-가난하다고 말하지 말라.

나는 들쥐를 잡아먹으며 연명했고, 목숨을 건 전쟁이 내 직업이고 내 일이었다.

-작은 나라에서 태어났다고 말하지 말라.

나는 그림자 말고는 친구도 없고 병사로만 10만. 백성은 어린애, 노인까지 합쳐 2백만도 되지 않았다.

－배운 게 없다고 힘이 없다고 탓하지 말라.

나는 내 이름도 쓸 줄 몰랐으나 남의 말에 귀 기울이면서 현명해지는 법을 배웠다.

－너무 막막하다고, 그래서 포기해야겠다고 말하지 말라.

나는 목에 칼을 쓰고도 탈출했고, 뺨에 화살을 맞고 죽었다 살아나기도 했다. 적은 밖에 있는 것이 아니라 내 안에 있었다.

나는 내게 거추장스러운 것은 깡그리 쓸어버렸다. 나를 극복하는 그 순간 나는 징기스칸이 되었다.

〈JR의 몽골 리포트－조선일보 김종래 기자의 글에서－〉

징기스칸은 혹독한 역경을 딛고 일어서서 개방적이면서도 카리스마가 넘치는 리더십을 가지고 세계를 지배하였다 얼마 전 TV에서의 방영과 여러 출판사들에서 나온 책들 속의 주인 공으로 징기스칸이 등장하면서 징기스칸의 리더십에 대하여 관심을 가지는 사람들이 더 많이 늘어가고 있다.

징기스칸의 세계정벌은 그냥 이루어진 것이 아니다. 수많은 역경 속에서도 그는 항상 준비된 리더였다. 그는 개방적 사고로 능력만 있으면 노예나 외국인을 가리지 않고 중용하였고, 성과가 있는 장병들에게는 똑같이 상을 나누어 주었다. 황제였지만 왕궁을 짓지 않고 천막에서 비단 옷도 입지 않고 백성들과 똑같은 생활을 하였다. 백성들에게는 아버지와 때로는 형으로서 나라를 통치하였고, 가족이나 삼촌들도 법을 어기면 엄격하게 법을 적용하였으며, 항복하는 나라는 우방이 되었으나 저항하는 나라에게는 잔혹한 정벌자가 되었다.

징기스칸은 일찍이 커다란 리더십의 비전을 소유하였고, 누구도 가능하리라고 생각하지 않았던 것을 가능하게 만든 것이다. 자신의 목표를 공동의 목표로 만들어 목표가 달성되기가 무섭게 곧바로 새로운 목표를 만들어 쉬지 않고 달리도록 그의 부족을 이끌어 갔다. 그리고 그 비전은 나라를 만드는 것, 주변 국가로부터 위협을 없애는 것, 중원을 경영하는 것, 나아가 천하통일 하는 것, 그리고 그 천하는 중국 땅을 넘어 사람이 살고 있는 모든 땅으로 계속 커져만 갔고 그 꿈들은 하나하나씩 실현시켜 나갔다. 징기스칸은 자신의 꿈을 실현시키기 위하여 병사들에게 멀티 플레이어가 되어야 적은 인원으로 멀리 있는 큰 나라를 정벌할 수 있다는 것을 가르쳤다.

또한 빠른 속도를 낼 수 있는 기마병 위주로 군을 편성하고 육성하여 세계정벌의 꿈을 이룬 것이다. 모든 백성들은 불가능하다고 생각한 세계정벌을 징기스칸의 리더십으로 인하여 가능한 것으로 바뀐 것이다. 징기스칸의 성공비결은 자신이 세운 커다란 비전을 공유함으로 인하여 국민들에게 희망을 주었기 때문이다. 그의 리더십은 21세기에 사는 우리에게 필요한 리더십이라 할 수 있다. 그러나 징기스칸이 유목민의 아들로서 목동으로 살겠다는 꿈만 가졌다면 아마 목동으로서도 크게 되었을 것이다.

하지만 그의 비전은 세계를 정복하겠다는 커다란 비전을 가졌기 때문에 세계를 정복하여 세계 역사상 가장 위대한 정복자가 된 것이다.

비전을 가지고 있는 사람은 그 비전을 이루기 위한 출발은 언제일까?라고 망설일 때가 있지만, 그 비전을 성취하기 위한 출발점은 항상 현재 곧 지금이다. 인생의 최종 목적을 확정한 사람은 현재의 상황을 분석하고 새로운 출발을 해야 한다. 현실적으로 게으르고 나태하면서 막연하게 큰일을 이룰 수 있겠지?라고 생각하는 사람은 비전을 가진 사람이 아니라 망상의 꿈에 사로잡혀 있는 사람이라 할 수 있다.

그리고 자신에게 질문을 한 번 해보자.

나의 비전은 어떤 크기를 갖고 있는지? 나는 생활의 변화를 원하는지 아니면 어떤 직업을 원하는지? 세상을 변화시키려는 꿈을 그리는지? 10년 후의 모습은 선명하게 그리고 그를 위해 지금 할 수 있는 일을 최선을 다해 해내고 있는 사람인가? 지금 한번 되짚어보고 가는 것을 제안한다.

4. 포기하지 않는 열정과 비전

　결실을 맺을 때까지 포기하지 않는 자세, 이것은 모든 위대한 분들의 공통점이기도 하다. 어떤 목사가 설교 중에 "여러분 에디슨을 아십니까?" 그러자 사람들은 안다고 "예"라고 대답했다. 그는 발명품이 완성될 때까지 포기하지 않았던 사람이다. 그러자 목사는 "여러분 라이트 형제를 아십니까?" 그러자 또 "네"라고 대답했다. "여러분 그도 비행기를 만들 때까지 포기하지 않았습니다." 이어서 "엘렉스를 아십니까?"라고 목사는 물었다. 그러자 교인들 가운데는 졸았던 사람 몇몇이 얼떨결에 "네"라고 대답했다. 하지만 대부분의 사람들은 어리둥

절했다. 도대체 엘렉스가 누구인가? "여러분 엘렉스라는 사람은 에디슨의 연구실에서 일을 돕다가 포기하고 나간 사람입니다. 포기한 엘렉스는 아무도 그를 알지 못합니다. 새로운 인생의 준비를 시작하는 여러분들은 사람이 무엇으로 심든지 그대로 거두게 됩니다." 오늘은 눈물로 씨를 뿌려야 할 때이다.

에디슨이나 라이트 형제는 비전을 준비할 때마다 역경이 찾아왔지만 그들은 그 역경을 포기하지 않았고 비전을 가진 사람은 그것을 달성할 때까지 절대로 죽지 않는다는 것을 실천적으로 보여준 사람들이었다.

사람들은 자신이 처한 현실을 부정적으로 보는 경우가 있다. 자신의 처지를 생각하며 비전을 세우는데 단점으로 작용한다고 생각한다. 스스로 비전을 세우는 것을 두려워하고 포기하기도 한다. 그러나 비전을 세우는 데는 연령과 성별에 따라 차이가 있지 않다. 즉 비전은 누구든 세울 수 있다는 것이다. 다만 비전을 설정하였다고 해서 누구나 성공하는 것은 아니지만 비전을 갖고 꾸준히 포기하지 않고 도전한다면 언젠가 이루어질 수 있다는 것이 비전이다.

많은 실패를 딛고 미국 대통령이라는 비전을 달성한 아브라

함 링컨의 말을 빌려본다.

"일보전진을 위한 잠시의 포기는 괜찮습니다. 그러나 그 외의 포기는 없어야 합니다. 그래야 승리 할 수 있습니다. 타인을 이기는 것이 아니라 나 자신을 이기는 것, 이것은 포기하는 자는 결코 맛볼 수 없는 인생의 참맛입니다."

5. 긍정의 힘과 비전

꿈과 목표는 확실하지만 그것을 이루는 과정이 쉽지 않다. 그리고 회의가 밀려들 때도 있다. 이때는 누군가 좀 도와주었으면 하고 생각된다. 그러나 마냥 손만 내밀고 있다고 누군가 나의 손을 잡아주지는 않는다. 자신이 먼저 주변 사람들에게 긍정적으로 다가서며 상대방에게 도움이 되고 싶다라고 생각하며 자신이 먼저 상대방에게 긍정적인 기운을 불어 넣는다면 그 에너지는 몇 배로 커져서 분명 그 자리를 딛고 일어설 수 있다. 하지만 고통을 끌어안고 낙심하거나 누구를 원망하면 그 꿈과 목표는 나의 것이 될 수 없다.

고통은 누구에게나 찾아온다. 실패를 원하는 사람은 아무도 없다. 하지만 실패는 성공의 순간마다 자주 찾아온다.

탈무드 책에 나오는 이야기다. 아버지가 아들에게 말했다. "사람의 마음에는 두 마리의 늑대가 있단다. 하나는 긍정적인 생각과 행동을 하는 늑대이고, 하나는 부정적인 생각과 행동을 하는 늑대란다." 그 말에 아들이 아버지에게 물었다. "그럼 결국에는 누가 이겨요?" 아버지의 대답은 " 네가 먹이를 주는 쪽이 이긴다." 이 글에서도 보듯이 긍정적인 생각을 하면 긍정적인 행동으로 이루어지고, 부정적인 생각을 하면 부정적인 행동이 이루어진다는 것을 의미한다.

얼마 전까지 베스트셀러에 올라와 있던 조엘 오스틴의 '긍정의 힘'의 글에서도 사람은 믿는 대로 된다고 하였다. 우리가 긍정적으로 세상을 보면 모든 것이 긍정적이고 행복해 보이나, 부정적인 생각으로 세상을 본다면 모든 것이 부정적이고 불행해 보이는 것이다. 또한 낙심하는 사람에게는 실패의 원인이 보이지 않는다. 실패의 원인을 알아야 두 번 다시 실패하지 않을 수 있는데, 낙담에 빠져 남을 원망하느라 되돌아 볼 여유를 갖지 못하는 것이다.

그리고 비전을 세워서 그것을 달성하느냐 못하느냐는 자신의 비전을 긍정적으로 생각하는가, 부정적으로 생각하는가의 차이다. 그러기에 비전을 달성하기 위해서는 반드시 긍정적으로 생각해야 자신의 꿈이 분명히 이루어질 것이다.

자신의 삶은 자신이 만들어 가는 것이다. 긍정적으로 생각하다보면 자신의 작은 습관들이 모여서 긍정적인 본인을 만들어 갈 것이다. 자신도 모르게 수년이 지나면 내 습관이 나 자신에게 얼마나 많은 변화가 있는지 알게 될 것이다.

항상 긍정의 눈으로 세상을 보는 습관, 항상 긍정의 말만 하는 습관, 남에게 뭔가 주는 것을 기뻐하는 습관, 문제만 제시하지 않고 대안도 제시할 줄 아는 습관, 그런 습관들을 만들어 갈 때 승자의 삶… 성공자의 삶을 살게 될것이다….

9

리더가 되어라

 하지만 리더가 되는 길을 잘 모를뿐더러 리더가 되는 길이 어렵다고 미리 생각하고 리더가 되고자 하는 노력도 게을리 하며 단지 눈앞에 닥친 일에만 급급하여 많은 시간을 낭비하고 있다.

지금껏 우리는 나 스스로를 세우고 이끄는 방법을 이야기했다. 그럼 이제는 내가 나를 이끄는 힘을 토대로 조직을 이끌고 더불어 함께 행복한 성공을 이루는 힘에 대해 이야기를 나눠보자.

리더십이란 말은 21세기 들어오면서, 화두가 된지 오래이다. 그래서 사회의 각 분야에서 리더십에 대한 관심이 점차 높아져가고 있다.

미국의 한 연구 조사에 의하면 직장인으로서 가장 필요한 부분에 1위를 차지한 분야가 리더십이라고 한다. 우리나라 대학생들에게도 가장 필요한 것을 리더십이라고 했다. 과연 리더십이 현 사회에서 왜 이처럼 필요한 것일까?

리더십이란 원래 우리말로 지도력, 통솔력, 지휘력 등으로 번역되어 사용되고 있다. 일반적으로 리더십은 한 개인이 다른 구성원에게 이미 설정된 목표를 향해 정진하도록 영향력을 행사하는 과정으로 정의하고 있다. 좀 더 자세히 보면 리더십은 리더로서 조직의 목표를 달성하기 위하여 성공에 대한 적극적인 강화, 목표설정, 조직관리 등에 관한 실제적이고 효과적인 활동을 말한다. 즉, 리더십이란 목표를 제시하고, 이 목표에 대해 구체적으로 설명하고 왜 이 목표를 달성해야 하는가를 의사소통을 통해 설득하고 납득시키며, 리더 자신이 그 목표달성을 위하여 솔선수범하여 열심히 일하는 것을 의미한다.

리더십은 오늘날 사회라는 조직 속에서 살아가기 위하여 매우 필요한 요소가 될 수밖에 없다. 나아가 조직의 목표를 달성하기 위해서는 조직의 리더가 구성원들에게 영향력을 발휘하여 그들이 조직 목표달성에 공헌할 수 있도록 사기를 높이고, 그들의 잠재 능력을 활성화시킬 수 있는 리더십 기술의 중요성이 중대되고 있는 것이다.

리더십은 솔선수범하여 자신을 발전시키기 위한 행동목표라고 할 수 있다. 다른 사람들이나 조직을 효과적으로 리드하기 위해서는 자신을 먼저 리드할 줄 알아야 한다. 자신의 유일한 리더는 자기 자신밖에 없다. 이러한 의미에서 요즈음 셀프 리더십을 중요시하고 있다. 셀프 리더십은 우리 스스로 자신을 리드하여 참된 자신의 리더가 되는 것을 실현시키는 것이다. 셀프 리더십은 스스로에게 영향을 미치는 과정이다.

그러나 이 리더십의 역량이 모든 사람들에게 공평하게 주어지지 않았다는 것이다. 어떤 사람은 자라난 환경 속에서 리더십이 높은 반면에 어떤 사람은 전혀 리더십이 없는 경우가 많다. 리더십이 넘치는 사람은 사회를 살아가는데 문제가 없지만 리더십이 부족한 사람은 사회를 살아가는 것은 물론 적응하는데도 어려움을 겪는다. 따라서 리더십이 부족한 사람들은 리더십을 개발하고 연마하여 자신의 리더십을 갖추기 위한 노력을 아끼지 않고 있다.

리더십은 타고난 재능이나 유전적인 영향을 받기보다는 주로 만들어지는 것이므로 자아정체성을 찾아 인생목표를 세우고 누구나 자신 스스로 만들어가는 노력과 열정이 제일 중요하다.

리더십은 후천적인 동기와 노력의 영향을 더 받으므로 노력 여하에 따라 강력한 리더십을 가질 수 있다는 것을 의미한다.

1. 리더십 실제적 측면

리더십이 무엇인지, 어떤 종류가 있는지를 정확히 파악하면 도전이 두렵지 않다. 리더십이 지향하는 목표는 같지만 시대의 변화나 상황에 따라 다양하게 리더십은 변해왔다.

그러나 리더가 되고 안 되고는 내손에, 내 자신에게 달려 있다. 자신에게 맞는 리더십을 선택하기 위해서는 어디까지나 자신이 처한 상황을 분석하고 여러 가지 리더십 유형 중에서 과연 어떠한 리더십 유형이 자기에게 가장 적합한 지를 선택해야만 할 것이다. 따라서 우리 모두 리더다운 리더가 되는 길을 위해서 노력과 열정을 다하면 누구나 리더로서 성공하게 될 것이다.

다음은 리더십의 유형별로 열거해 보았다.

가. 카리스마형 리더십

역사적으로 조조, 히틀러, 박정희 대통령 같은 지도자를 카리스마형 지도자라고 한다. 카리스마형 리더십을 가진 지도자는 미래에 대한 비전을 제시하며 추종자들에게 현 상황을 변화시키는 동기를 부여할 수 있는 능력을 가진 지도자로서 기지적인 행동과 초인적인 대중호소력과 선동력을 지닌 강한 흡입력으로 조직원들의 이성이 아닌 맹목적인 의식에 의해 지도자로서 추앙받는 경우가 많다.

나. 민주주의형 리더십

민주주주형 리더십은 조직의 단합과 함께 제도나 규칙의 중요성을 인식하고 이성적 사고를 가진 조직원들의 의견을 존중하고, 구성원 모두를 목표방향 설정에 참여하게 함으로써, 구성원들에게 정보의 전달과 확신을 심어주려고 노력하는 리더십이라 할 수 있다.

다. 변혁적 리더십

변혁적 리더십은 집단의 이익을 가져다주는 방향으로 동료들이나 부하들을 동기부여 시키는 리더라 할 수 있다. 변혁적 리더들은 부하들에게 역량을 심어주기 위해 이상적인 영향력을 활용한다. 이로 인해 불확실성에 대한 부하들의 내성이 증가하고, 새롭게 변화하고 있는 상황들에 적응하기 위한 능력들이 상승된다.

라. 서번트 리더십

서번트 리더십이란 외부에서 성과를 독촉하거나 동기부여를 하는데서 그치는 것이 아니라, 조직내부로 들어가 조직원이 최상의 능력을 발휘하게 도와주는 역할을 하는 리더라 할 수 있다.

과거에는 강력한 카리스마와 뛰어난 통솔력으로 조직을 이끌어가는 사람을 뛰어난 리더로 여기는 경향이 많았다. 하지만 최근에는 조직원과 고객, 공동체를 섬기는 리더를 뛰어난 리더로 주목하고 있다.

마. 브랜드 리더십

브랜드 리더십은 독창적인 아이디어를 가진 관리형 리더가 창의적으로 승부하는 리더십을 말한다. 남의 리더십을 모방하려고 하지 않고 자신에게 어울리는 리더십 이미지를 스스로 찾아내 남이 가지 않은 새로운 길을 만드는 것에 높은 가치를 둔다. 남보다 앞서서 표준을 장악하여 독보적인 경쟁력을 확보하는 것이 주된 목표이기도 하다.

바. 셀프 리더십

셀프 리더십은 스스로에게 영향을 미치는 과정이다. 즉 자기 자신에게 영향을 끼치는 지속적인 과정이 셀프 리더십이다.

다른 사람을 효과적으로 리드하기 위해서는 자신을 먼저 리드할 줄 알아야 한다. 자신의 개인적인 목적을 달성하는데 스스로에게 동기를 부여할 수 있도록 자신의 틀을 개발하는 것이 중요하다. 셀프 리더십은 우리가 정말 하고 싶은 일을 하는데에 자발적으로 스스로 투입하고, 자신을 리드하여 참된 자신의 리더가 되는 것을 실현시키는 것이다.

2. 리더가 되는 길

현재 사회는 리더의 자리에 오르기 위해 수단과 능력을 갖추기 위해서 많은 노력을 하지만 정작 그 자리에 올랐을 때 리더로서 해야 할 일들에 대해서는 소홀히 하는 경우가 많다.

한 가지 예를 들어 국회의원이 되기 위해 국민들에게 한 표를 받기위해 온갖 수단과 방법을 가리지 않고 필사적으로 노력하여 국회의원에 당선되어 그 자리에 올라섰을 때는 초심을 잃어버린 채 자신의 직무와 역할이 무엇인지 제대로 수행하지 못하고 있는 경우이다. 이와 같은 결과로서 국민들은 피해를 볼 수밖에 없는 것이다.

이러한 부재 현상은 조직을 붕괴시키고 국가를 정체와 위험에까지 빠뜨리곤 한다.

리더가 되고자 하는 사람이 준비나 노력 없이 마치 뻥튀기 기계로 자신을 금방 리더로 만들 수 있다는 착각을 해서는 안 되고 솔선수범과 실천하는 모범적인 리더가 되어야 한다.

리더가 되기 위해서는, 장기간에 걸쳐서 하루하루를 정성을 다하여 자신을 개발하고 역량을 기르는 일을 게을리 한다면 가벼운 성공은 있을 수 있으나 거대한 성공을 기원하기는 어려울 것이다.

많은 능력을 갖고 태어났어도 자기개발에 대한 노력하는 의지가 없어서는 얼마 성장하지 못하고 사람들의 관심 속에서 사라지는 경우가 많은 것을 보면 충분히 이해가 가는 말이다.

리더십은 기본적인 능력으로 모든 것을 습득할 수 있는 것이 아니고 더욱이 짧은 시간에 모든 것을 습득하기도 어렵다. 리더십을 높이는 요소에는 비전, 스피치, 인간관계, 시간관리, 도덕정신, 경험, 긍정적사고 등 여러 가지 요소가 있다. 이렇게 눈에 보이는 가장 구체적인 요소들도 있지만 손에 잡히지 않는 추상적인 요소들도 많다. 따라서 각 요소마다 쉽게 습득할 수도 있지만 때로는 오랜 시간을 필요로 하는 요소도 있다. 예컨대 성공하는 리더가 되기 위해서는 많은 시간들을 필요로 한다.

그러나 좀 더 다행인 것은 구성하는 요소들은 대부분 학습으로 터득할 수 있거나 향상 될 수 있는 것들이라는 것이다.

리더십은 완전한 것은 없으며, 시대와 지식의 변화에 따라 주류가 되는 리더십은 꾸준히 변화하고 있기 때문이다. 그러므로 아무리 빠르게 리더십이 변한다 해도 꾸준히 노력한다면 누구나 충분히 글로벌 리더, 국가적 리더가 될 것이다.

3. 리더십을 뛰어넘는 공감과 영향력

21세기 디지털 시대는 사회가 급변하고 사람들의 욕구가 다양해지면서 동서양 모두 권위주의 리더십은 가치가 점점 퇴색되고, 그 대신 인간 중심, 가치관 중심의 리더십이 새로운 리더십으로 탄력을 받고 있다. 조직의 구성원이 한마음 한뜻으로 주어진 여건 속에서 공감대를 형성하고 감동을 받아 자발적으로 자아를 실현하는 과정이라 할 수 있다.

리더의 위치에 있는 사람들은 자의든 타의든 조직과 개인에 영향력을 행사한다. 그러나 영향력은 사람들의 지위에 의한 일시적인 경우가 많다. 현재의 지위에서 물러나면 그 이전까지 영향을 받던 사람들이 언제 그랬냐는 식으로 영향력이 사라질 수 있다. 영향력 행사는 자율적·타의적으로 있으나 공감은 순수하게 자율적 의미이다. 또한 영향력이 갖는 권위주의적·강압적인 결과가 있다면 공감은 민주적인 것과 순리적이고 자연적인 과정을 거친 결과이다. 따라서 진정한 리더십을 가진 사람은 시간이 지나면 영향력이 감소할 수는 있어도 결코 그 영향력이 완전히 사라지지는 않는다. 그렇다면 사람들은 왜 리더들을 따르는 것일까? 그것은 리더로서 조직을 위해서 이루어 놓은 업적들 때문이다. 리더가 되면 리더는 조직의 활성화를 위하여 노력한다. 이러한 노력의 결과가 조직이 발전하게 되며 그것이 리더의 업적이 된다. 따라서 리더의 업적이 많을수록 조직원들은 영향을 받게 된다. 또한 조직을 이끄는 리더십과 리더의 스타일이 사람을 밀어내기보다는 끌어 당겨야 한다는 것이다. 리더가 상호교환을 통해 최고의 화음을 만들어주고 끌어당겨야 한다. 시대가 흐르면 흐를수록 공감과 감동을 바탕으로 세상을 멀리 볼 수 있도록 리더는 큰 비전을 제시하고 리더의 비전이 사람들에게 구체적이고 실현가능하다고 보여 질수록 사람들은 존경하고 잘 따른다.

4. 21세기 리더십

현재 세계는 광속도로 급변하고 모든 상황과 여건도 빠르게 변화하고 리더십도 근본적으로 다르게 변하고 있다.

우리는 변화하지 않으면 가치를 잃어버리는 것들을 수없이 목격하고 있다. 21세기는 문화의 가치가 더욱 중요시되는 시대가 될 것이다. 동양의 문화, 서양의 문화, 분석적 사고 등이 결합되어 다른 형태의 문화가 창조되면서 인류 문명의 전환점이 될 것이다. 신곡 하나로 반짝한 가수들이 새로운 곡을 내지 못하면 금방 사람들의 머릿속에서 잊히는 것을 쉽게 볼 수 있다. 신제품을 사고 돌아서면 새로운 신제품이 나오는 시대에 살고 있는 우리에게 과거의 영광은 아무런 의미가 없다. 어제의 영광은 이제 더 이상 미래로 연결되지 않는다.

우리는 지금 개인, 기업, 국가는 물론 변화의 혁신을 강조하고 있는 시대에 살고 있다. 국가는 국제사회에서, 개인이나 기업은 사회의 주류로 자리를 잡기 위해서 사회의 변화에 따라 신속하게 변화하고 준비를 해야만 하는 시대에 살고 있기 때문이다.

기업들의 신년 사업계획에서도 '변화'는 빠지지 않고 등장하는 주요 테마이다. 경영자나 지도자들은 자신의 조직을 변화시키기 위하여 사무혁신, 조직혁신, 구조조정, 조직문화 개선 등 다양한 이름의 변화 관리 프로그램을 신년 초부터 선포하고 보다 나은 조직으로 거듭 날 것을 다짐한다. 하지만 안타깝게도 변화 관리 프로그램을 성공적으로 수행한 기업이나 국가는 전 세계적으로 극소수에 불과하다.

변화의 혁신에 대한 중요성을 강조한 것은 결코 현 시대의 일만은 아니다. 이미 오래전부터 혁신과 변화의 중요성이 강조되었다. 헨리 포드는 컨베이어 시스템을 도입해서 자동차의 대량생산과 대중화시대를 열면서 "변화를 거부하는 사람은 이미 죽은 사람이다. 이 나라에서 우리가 아는 유일한 안정성은 변화뿐이다. 만약 목표를 성취하는데 방해가 된다면 모든 시스템을 뜯어고치고, 모든 방법을 폐기하고 모든 이론을 던져버려라" 등의 말로써 변화와 혁신의 중요성을 주장하였다.

그러나 변화와 혁신은 변화를 거부하는 기존의 세력에게 많은 저항을 받게 되며, 많은 자원과 노력 투절한 정신, 그리고 오랜 시간이 소요되는 특징을 가지고 있다. 따라서 성공적 변화와 혁신을 위해서는 최고경영자의 전폭적인 참여와 지원은 너무도 당연한 전제조건이다. 그러나 경영자 한 사람의 힘으로 거대한 조직이 변화할 수 있다는 것은 결코 아니다.

결국 조직 전체의 변화와 혁신을 가져오려면 경영자 한 사람의 변화가 중요한 것이 아니라 조직 구성원의 변화와 적극적인 참여가 있어야 한다. 그러나 기존 조직 구성원의 고정관념을 깨는 것 또한 어려운 것이 현실이다. 하지만 사회와 환경의 변화 속도가 과거와는 비교할 수 없이 빨라진 만큼 기업이나 국가는 변화와 혁신을 이끌 인재를 등용하려는 노력을 기울이고 있다. 이는 또한 오래된 조직의 관행을 깨고 변화와 혁신을 몰고 갈 새로운 젊은 피를 수혈하려고 하는 것이다.

개인, 기업, 국가가 변화와 혁신을 필요로 하는 시대일수록 새로운 시대의 리더십은 인간주의, 민주주의, 가치주의 등을 중심적으로 자유와 자율성을 기반으로 인간적인 이념을 바탕으로 한 새로운 리더십 개념이 시대적으로 필요하다. 예컨대 이들이 변화와 혁신을 이끌 21세기 리더가 될 것이며 밝은 국가의 미래가 이들 안에 있는 것이다.

5. 리더십의 능력

　사람이 보유한 능력은 가지고만 있으면 아무도 알지 못한다. 어떤 사람의 능력이 아무리 많다고 해도 그 사람의 능력이 외부로 발휘될 때 그 사람의 능력을 알 수 있다.

　따라서 리더는 자신의 능력을 가지고만 있어서는 그 동안 공들인 시간과 노력이 아까울 뿐이다. 리더는 자신의 재능을 가지고 좋은 결과를 낼 줄 알아야 한다.

　－빌 힐러리

사람을 이끄는 능력을 그냥 주어지는 능력이 아니다. 환경을 스스로 만들어내는 사람이어야 리더의 자리에 오를 수 있다.

세상은 그 누구도 나를 도와줄 수 없으며, 나의 선택은 내 스스로 책임지는 것이다. 나의 선택에 100% 책임질 수 있어야 하기 때문에 자기관리 능력이 필요한 것이다.

힐러리는 2차 세계대전 이후 베이비붐이 일어났던 1947년에 태어났다. 아버지 휴 로댐은 상당히 권위적이고 가부장적이었다. 그의 교육방법은 고함을 치거나 명령을 내리는 것이었고, 어머니 도로시는 그런 아버지와 반대로 사랑을 베풀고 칭찬을 하는 역할이었다. 후에 힐러리는 아버지의 그런 교육이 현실적인 인간으로 자라게 만들었다고 한다. 또한 자신의 가치관은 어린 시절 자주 대립되던 부모의 가치관으로부터 골고루 영향을 받았다고 이야기했다.

고등학교에 들어간 그녀는 어머니와 교회를 다니면서 돈 존슨 목사를 만나게 된다. 돈 존슨 목사는 개혁적인 사람으로서 힐러리가 알고 있던 것들이 얼마나 편협한 것이었는지 일깨운 계기를 만들어준 인물이다.

그와 함께 인종을 넘어서 세계 모두가 형제로 살아가는 법을 배워야 한다는 마틴루터 킹 목사의 강연을 들으면서 그녀에게는 새로운 열정이 솟아오름과 동시에 자신의 정치적 견해는 거의 아버지의 생각을 흉내 내고 있었다는 생각을 깨닫게 된다.

집에서 1,600Km 떨어진 대학에서 힐러리는 국가정세, 문화, 정치, 성 관념의 변화를 통해 그녀만의 독자적인 길을 걷기 시작했다.

그러는 동안 아버지 휴 로댐과의 정치관 차이로 사이는 점점 나빠졌고, 결국 힐러리는 공화당의 견해에 동조하지 않게 된다.

안정을 찾아갈 무렵, 힐러리는 학교에서 매우 독특한 존재가 되어 있었다. 이미 학생들 사이에서 리더로 자리 매김하고 있었으며, 똑똑하고 의젓하며 생각이 뚜렷했다.

대학 4년 졸업 때 법대 입학시험을 치르고 예일대와 하버드에서의 입학 허가를 받아 고민하고 있던 차에 그녀는 하버드에서의 칵테일파티에 초대 받는다. 그곳에서 하버드의 권위 있는 교수의 자문을 받은 힐러리는 예일대로 결정하게 된다.

그리고 대학졸업식 날, 힐러리는 졸업연설을 하게 된다. 원래 웰즐리 여대에는 졸업생이 졸업연설을 하는 전통이 없었지만, 학생들의 강력한 요구로 학장이 허락하게 되었다. 졸업식 공식 연설은 상원의 유일한 흑인이자, 힐러리가 공화당 청년회 회장 시절 그의 선거운동을 도와 인연이 있던 에드워드 부록이었다. 그 다음에 힐러리의 차례였는데, 그는 실망스럽게도 반전운동과 인권운동을 왜곡하고 비난했으며, 전쟁을 지지하고 마틴루터 킹과 로버트 케네디 암살에 대해서는 한마디의 언급도 하지 않았다.

힐러리는 점잖은 내용의 연설문을 즉시 수정했다.

"우리가 누리고자 하는 문화나 단체생활은 더 이상 우리가 살고자 하는 삶의 방식이 아닙니다. 안타깝게도 여기엔 대학도 포함됩니다."

그녀는 즉석연설을 통해 방금 전 브록의 연설을 맹비난했으며 대학당국의 호의도 사절했다. 그녀의 연설이 아주 논리적이었거나 진보적이었던 것은 아니지만 같은 시대를 살아가는 그녀의 친구들은 공감하기에 충분한 연설이었다. 힐러리의 연설은 미국의 젊은이들이 권위에 대한 도전과 전쟁을 반대하는 목소리로 상징하게 되어 신문에 나가게 되었다.

그 후 예일대로 진학한 그녀는 그곳에서 빌 클린턴을 만나게 된다. 그곳에서 클린턴은 힐러리에게 청혼을 하지만, 그녀는 나중을 기약하게 되고 둘은 각자의 길을 가게 된다. 졸업 후 그녀는 변호사 메리언 라이트 에델만이 운영하는 아동보호기금에서 일을 하게 되었다. 메리언 라이트 에델만은 미시시피 주 최초의 흑인여성변호사로 돈 존슨 목사이후 힐러리가 가장 영향을 많이 받은 인물이었다.

그런 에델만의 조수로 들어가 여러 가지 혁명적인 주장을 펼치며 인권운동을 하게 된다. 그리고 얼마 후 닉슨 대통령의 탄핵위원회의 탄핵조사요원이 되어 한동안 휴일도 없이 일을 하였다. 그해 결국 닉슨은 대통령직을 사임하게 된다.

그 뒤, 힐러리는 빌 클린턴이 있는 곳으로 갔고 둘은 그제서야 결혼하게 된다. 결혼 후 둘은 주지사 선거에 뛰어들었고 클린턴은 주지사로 취임하게 되었고 외동딸 첼시가 태어났다. 그리고 클린턴이 대통령이 되기까지 힐러리는 많은 영향력을 행사하며 클린턴을 도왔다. 비록 빌 클린턴이 다른 여자들과의 스캔들이 터지면서 여러 고비가 있었지만 그때마다 힐러리는 무너지지 않았다. 그녀는 놀라운 인내심을 보이며, 오히려 빌 클린턴을 감싸 안아 위기를 극복했다.

퍼스트레이디, 그녀는 혼자의 힘으로 일어서고 싶은 욕망을 감출 수 없었다. 힐러리는 대화를 나눌 때마다 마음이 오락가락했다고 밝혔다. 출마하는 것이 멋진 일로 생각되다가도 다음 순간에는 미친 짓으로 여겨졌다는 것이다. 그러던 중 어느 행사에서 만난 여자 운동선수가 그녀의 귀에 속삭였다. "경쟁을 두려워하지 마세요." 이 한마디는 힐러리의 마음을 일깨워주었고 자신이 경쟁에 뛰어들기를 망설이고 있었다는 사실을 자각하게 된다.

출마를 결심하게 되고 그녀의 자서전에 이런 글이 쓰여 있다.

"오랫동안 정치인의 아내로 살아오면서 운동장에서 뛰는 선수들을 지켜보기만 했어요. 과연 내가 운동장 안으로 들어갈 수 있을지는 모르지만, 이제는 정치인으로 독자적인 역할을 즐길 수도 있겠다는 생각이 들기 시작했어요."

위대한 리더들은 고난에 처했을 때 그 진가가 드러난다. 그들은 그들이 가지고 있는 모든 능력을 발산하며 그 고난에 맞서 싸운다.

우리 민족의 영웅, 불멸의 이순신은 탁월한 능력을 가진 뛰어난 전략가로 그는 23번의 전투에서 단 한 번도 패배하지 않고 절대적인 전승을 이끌어 내는데 성공하였다. 그는 전투에서도 탁월한 리더십을 발휘했고, 동시에 가장 적합한 인물들을 적재적소에 기용하고 그 능력을 활용함으로써 조선 수군의 전력을 상승시킬 수 있었다. 하지만 이순신은 뛰어난 영웅이지만 혼자서 전쟁을 수행해 나갈 수는 없다.

●집안이 나쁘다고 탓하지 말라!
나는 몰락한 역적의 가문에서 태어나 가난 때문에 외갓집에서 자라났다.

● 머리가 나쁘다 말하지 말라!
나는 첫 시험에서 낙방하고 서른둘의 늦은 나이에 겨우 과거에 급제했다.

●좋은 직위가 아니라고 불평하지 말라!

나는 14년 동안 변방 오지의 말단 수비 장교로 돌았다.

●윗사람의 지시라 어쩔 수 없다고 말하지 말라!

나는 불의한 직속상관들과의 불화로 몇 차례나 파면과 불

이익을 받았다.

●몸이 약하다고 고민하지 말라!

나는 평생 동안 고질적인 위장병과 전염병으로 고통 받았다.

●기회가 주어지지 않는다고 불평하지 말라!

나는 적군의 침입으로 나라가 위태로워진 후 마흔 일곱에

제독이 되었다.

●조직의 지원이 없다고 실망하지 말라!

나는 스스로 논밭을 갈아 군자금을 만들었고 스물세 번 싸

워 스물세 번 이겼다.

●윗사람이 알아주지 않는다고 불만 갖지 말라!

나는 끊임없는 임금의 오해와 의심으로 모든 공을 뺏긴 채

옥살이를 해야 했다.

●자본이 없다고 절망하지 말라!

나는 빈손으로 돌아온 전쟁터에서 열 두 척의 낡은 배로 133

척의 적을 막았다.

●옳지 못한 방법으로 가족을 사랑한다 말하지 말라!

나는 스무 살의 아들을 적의 칼날에 잃었고 또 다른 아들들

과 함께 전쟁터로 나섰다.

●죽음이 두렵다고 말하지 말라!

나는 적들이 물러가는 마지막 전투에서 스스로 죽음을 택했다.

〈공주대 김덕수 교수의 -맨주먹의 CEO 이순신에게 배워

라 중에서-〉

결국 리더로서 평가 가치는 동료, 부하, 친구 등 수많은 사람들과 인간관계 속에 이루어지는 것이다.

사람들은 누구나 성공을 위하여 남들과는 특별한 능력을 가지기 위하여 노력하고 있다. 따라서 평범할 때는 학력, 경력, 능력 중에서 탁월한 부분이 유능하다고 인정받을 수 있지만 리더가 되기 위해서는 학력, 경력, 능력과 같은 개별적인 가치는 큰 의미를 갖지 못하고, 리더로서 자신의 능력을 인정받기 위해서는 이러한 것들을 좋은 결과로 만드는 것이다.

천재는 노력하는 사람을 이길 수 없고, 노력하는 사람은 즐기는 사람을 이길 수 없다는 말이 있다. 즉 아무리 많은 능력을 가지고 있다고 해도 자신의 능력을 100% 발휘하지 못하면 능력은 부족하지만 최선을 다하는 사람을 이길 수 없다는 것이다. 또한 아무리 자신의 능력을 발휘하기 위해 최선을 다하는 사람도 일을 즐기면서 하는 사람은 이길 수 없다는 것이다.

사회는 좋은 결과를 내는 사람을 원하고 있고 리더가 되기 위해서는 자신이 가지고 있는 능력을 바탕으로 좋은 성과를 내는 것이 필요하다.

6. 리더십의 힘

리더가 갖추어야 할 요소 중 빼놓을 수 없는 것이 바로 강인한 힘이다.

리더를 따르는 사람들은 편안함과 성공이 보장되길 원한다. 또한 자신의 어려움도 리더가 막아주는 방패역할을 원하기도 한다. 조직구성원이 어떤 역경 속에서도 승리의 확신을 심어주고, 직원들에게 만족을 줄 수 있는 리더가 되어야 한다.

리더는 직원들에게 자신의 행복을 자신의 비전으로 승화시켜 자아실현을 통해 직원들에게 비전을 심어주고, 가려운 곳, 불안한 곳, 갈망하는 곳을 파악해서 각 상황과 여건에 적절히 대처할 수 있는 효과적인 리더십이 발휘된다고 할 수 있다. 또한 아름다운 꿈과 희망의 비전을 실현하도록 이끌어줌으로써 자아실현을 통해 직원들에게 행복을 주는 것이며 사회 공헌을 통해 사회와 국가적으로 빛과 소금의 역할을 한다.

리더라고 우월성만 강조하고 잘난 체 해서는 결코 조직구성원들의 마음을 사로잡을 수 없다. 멋진 리더는 그들보다 먼저 솔선수범하고 직원들에게 행복을 줄 수 있어야 존경을 받을 수 있다. 하지만 리더도 인간이기에 개인적인 욕구는 뒤로하고 직원들을 위해 앞장서서 리드를 하려면 남들보다 강인해야 한다.

강인함에는 육체적인 강인함과 정신적인 강인함이 있다. 육체적인 강인함이란 조직원들보다 솔선수범하여 열심히 일하고 정열적으로 일을 할 수 있는 신체적인 능력이 있어야 한다. 정신적인 강인함이란 역경에 동요하지 않는 굳건한 마음을 말한다.

미국의 대표적인 기업을 대상으로 한 설문조사에서 가장 바람직한 상사는 역경이나 곤경에 동요하지 않는 상사라는 결과가 나온 바 있다. 결국 리더는 강인한 정신을 가지고 있어야 리더로서 성공할 수 있다는 것을 의미한다.

리더는 성공도 남들보다 가까이 있지만 시련도 눈앞에 가까이 있다. 시련을 두려워해서 리더가 되기를 포기한다면 이 세상은 발전이 없을 것이다. 리더는 강인한 정신으로 조직구성원들을 인도해 주어 행복을 창출하는 조직으로 만들어야 한다.

7. 리더는 타고나는 것이 아니라 길러진다

리더로서의 능력은 역사의 발전과 함께 계속 성장하고 있지만 사회의 급변함 속에서 더욱 진가를 발휘하고 있는 중요한 항목으로 인식 되고 있다.

지금 한국의 교육열은 세계에서 손꼽히지만 청소년들에게 어떤 인생을 살아야 하는지에 대해 알려주는 것에는 관심이 적어서 올바른 리더십 교육이 이루어지지 않고 있다. 무리한 입시 교육열이 인생의 올바른 목표를 설정하고 리더로서의 자질을 키워야 할 청소년들이 대학입학만이 인생목표인 걸로 착각하고 입학 후 학습을 소홀히 하여 인생목표를 설정도 못하고 리더가 되는 길을 모르거나 의욕을 잃어버리기도 한다.

따라서 대부분의 기업에서는 핵심 인재를 성공적으로 이끌 수 있는 리더를 양성하는 것이 기업의 생존경쟁 문제를 해결할 수 있는 당면과제로 삼고 있다. 기업에서는 리더로서의 능력을 배양시키기 위하여 다양한 교육과 훈련을 전개해 나가고 있다. 이처럼 대부분의 기업에서 직원들의 리더로서의 능력을 높이려는 이유는 간단하다. 리더로서의 능력 개발을 통하여 개인이나 기업이 고객이 필요로 하는 상품을 개발하거나 상품의 질을 개선하여 기업의 이익을 극대화하고자 하는 것이다.

이처럼 기업들이 직원들의 리더로서의 능력을 향상시키려는 교육 훈련을 강화시키려는 움직임은 결국 리더는 타고나는 것이 아니라 만들어 지는 것을 의미한다. 더구나 최근에는 교육열과 학습의 질이 높아져 리더를 학습시키는 방법과 내용이 풍부해져 과거에는 선천적으로 리더는 타고난다고 믿었던 특성들이 최근에는 대부분 육성해낼 수 있는 만큼 크게 넓어졌다. 따라서 리더는 만들어지는 것이므로 인생목표를 세우는 등 자신 스스로 만들어 가는 노력과 열정이 제일 중요하다. 리더가 되고 안 되고는 자기 자신에게 달려있는 것이다.

10

리더에게는 무엇이 필요한가

우리는 흔히 리더십을 과학과 기술로서 하나의 오케스트라라고 한다.

리더십은 행정학, 경영학, 물리학, 수학, 철학, 심리학, 등 모든 분야가 결합된 새로운 형태의 학문과 기술이 융합된 종합예술이다. 또한 리더십 함양은 학습의 질과 양에 비례한다는 사실을 기본적으로 알 수 있다. 탁월한 리더십을 발휘하기 위해서는 시대 발전과 상황의 변화에 따라 지속적인 학습이 반드시 필요하다. 특히 과학 기술 등의 전문 분야에서는 다른 분야보다 학습적지식기반이 더욱 중요하다. 과학기술 분야는 무

(無)에서 유(有)를 만들어내야 하는 것이므로 그 분야의 전문적 지식을 가지고 있지 않으면 근본적으로 리더십을 발휘할 수 없다. 또한 21세기에 접어들면서 리더가 수행해야 할 복잡하고 다양한 업무를 고려할 때 사회의 많은 부분에서 학습적 지식 기반의 역할은 더욱 강조될 것이다. 현대는 글로벌 시대로 정치, 경제, 사회, 종교문제는 물론 과학, 환경 등 어렵고 복잡한 문제가 끊임없이 발생하고 있다. 현대 사회가 복잡·다양하게 큰 폭으로 변화하고 있어 스피드, 정확한 판단, 자신감으로 무장한 적시내용이 필요하기 때문이다. 이러한 여러 가지 어렵고 복잡한 문제를 극복하기 위해서 리더에게는 보다 높은 차원의 창조적·혁신적 리더십이 절대적으로 필요하다. 퍼즐의 한 조각처럼 단편적·기계적인 지식이 아닌 전문적이고 종합적인 학습적 기반을 통해 이미 알고 있는 선행지식과 경험들을 이용하여 어떤 상황과 조건 하에서도 창조적·혁신적 리더십을 발휘하여 리더 스스로 문제를 해결하고 비전과 목표를 제시해야 한다. 이를 위해 리더는 학습을 통하여 능력·인격·봉사의 리더십의 기반을 구축하고 새로운 리더십을 계속 개발하여 시너지 리더십을 발휘할 수 있도록 노력해야 한다.

1. 학습능력

　최근 우리 사회에서 스승다운 스승이 없다는 말들을 예사로 한다. 즉, 단순히 지식만을 전수하는 선생은 있으나 지식의 전수뿐 아니라 인간적 교류를 통해 리더다운 리더로 인간을 바꾸는 학습을 하는 스승이 적다는 것이다.

　공자는 일찍이 '세 사람이 함께 길을 가면 그 가운데 반드시 나의 스승이 될 만한 사람이 있다. 좋은 점은 골라서 이를 따르고, 좋지 못한 점은 살려서 스스로 고친다'라고 했다.

　책을 통해서 배우는 것도 중요하지만 인생의 실제적인 것은 여러 가지 일이나 인간관계에서도 배우고 터득하게 된다. 결국 공자는 자신의 인격형성을 위하여 도움이 될 수 있는 사람이면 누구나 스승이라고 생각했던 것이다.

학습을 통해서 '인간을 바꾼다'는 것은, 학습 그 자체가 인간을 바꾸는 것이 아니면 안 된다는 것을 의미한다. 인간을 바꾼다는 것은 리더다운 리더로 육성한다는 것을 말한다. 이러한 의미는 아주 오래전 현인들도 끊임없이 주장해왔다. 다음은 〈논어〉 가운데서 학습을 좋아하지 않으면 반드시 빠지기 쉬운 폐단에 대해서 공자가 제자 자로에게 말한 내용이다.

어진(仁)것을 좋아하고 배움을 좋아하지 아니하면 그 폐단은 어리석음이요,

앎(知)을 좋아하고 배움을 좋아하지 아니하면 그 폐단은 무절제요,

믿음(信)을 좋아하고 배움을 좋아하지 아니하면 그 폐단은 의를 해치는 것이요,

곧음(直)을 좋아하고 배움을 좋아하지 아니하면 그 폐단은 가혹한 것이요,

용맹(勇)을 좋아하고 배움을 좋아하지 아니하면 그 폐단은

난폭해지는 것이요,

강함(剛)을 좋아하고 배움을 좋아하지 아니하면 그 폐단은
미치는 것이니라.

위와 같이 말한 것처럼 '인·지·신·직·용·강(仁·知·
信·直·勇·剛)'의 6가지는 모두 미덕이긴 하나 학습의 뒷받
침이 없으면 '우·탕·적·교·난·광(愚·湯·賊·絞·亂·
狂)'의 6가지의 폐단을 발생케 하므로 리더는 반드시 학습이
필요한 것이다.

학습이 리더로 바꾸는 것도 한 그루의 나무가 거목이 되기
위해서는 옮겨 심어야 하고 때로는 가지를 쳐주어야 하는 경우
와 같다. 리더가 학습을 지속할 경우, 마치 어린아이가 부모를
따라하고 학생이 교사를 따라하는 것처럼 부하들은 리더를 본
받게 된다. 조직과 리더는 상호 영향을 주어, 각자가 복잡하고
변화하는 환경 속에서 어떻게 가장 성공할 수 있는지를 학습
함으로써 창의적인 자기 발견의 과정을 서로 안내해주게 된다.

또한 인간의 학습 능력이 고성능을 지니기 위해서는 인간 스
스로 배움의 능력을 지속적 학습으로 버전 업(version-up)해

야 한다. 그것은 컴퓨터의 칩처럼 인간의 배움 능력 역시 시간이 지남에 따라 그 쓰임새를 개조해야만 하기 때문이다. 학습 능력을 버전업하지 않으면 그것은 폐기될 수밖에 없다. 인간은 기본적으로 배움의 본능을 갖고 있지만 학습을 하지 않으면 인간이 아니라 짐승 같은 인간이 될 수밖에 없다.

리더가 되기 위해서는 조직의 구성원과 상황에 따라 지속적으로 새로운 자극을 주고받고, 이를 통해 또 다른 새로운 무엇인가를 만들어내는 리더십을 창출해내야 한다. 학습의 본능을 배우고 익히고 다시 배우고 다시 익히는 평생에 걸친 반추(反芻)를 통해 한 계단 한 계단 자신을 업그레이드해야 한다. 새로운 컴퓨터 버전이 계속 나타나듯이 배움의 본능도 지속적으로 개발하고 그 성능을 높여야만 인간의 학습 능력 역시 높아지는 것이다.

미래학자들은 현재 지식의 수명을 3~5년으로 추산하고 있다. 20대에 직장생활을 시작한다고 하면 일생을 통해 10회 정도 지식의 재조정 작업이 필요하다는 이야기다. 또한 새로운 영역에 대한 학습이 요구되는 경우도 있다. 자신의 현재 영역이 언제까지 유용할 수 없기 때문이다.

인간이 그 무엇인가를 학습한다는 것은 여러 가지 의미를 가지고 있다. 지속적 학습은 자기 내면의 삶을 새로운 모습으로 끊임없이 변화시키는 노력의 연속이다. 그래서 매일 같이 일일신우일신(日日新又日新)의 자세로 학습하여 자신을 탈바꿈하는 원동력으로 삼아 리더십을 함양하고 조직과 사회에 활력을 불어 넣어야 한다. 결국 능력과 인격을 갖추고 승화시킴으로써 탁월한 리더로 성장할 수 있다.

2. 학습의 중요성

공자는 〈논어〉에서 '배우고 때때로 익히니 또한 기쁘지 아니한가, 오랜 벗이 먼 곳으로부터 나를 찾아오니 또한 즐겁지 아니한가, 남이 나를 알아주지 않는다 해도 원망하지 않으니 또한 군자가 아니겠는가'라고 하면서 학습의 중요성을 강조했다.

이 세 구절은 논어전편의 사상이 압축되어 있어 매우 의미 깊고 중요한 내용으로 다시 뜻을 풀면 다음과 같다.

학문과 자기수양을 통한 자기완성은 사람이 사람으로서 바로 서는 보람과 기쁨으로서 사람의 도리를 다하여 사람답게 살아가는 데서 향유할 수 있는 기쁨을 제시한 것이다.

자기완성을 위해 힘쓰는 자에게는 그 뜻을 알아주고 서로 어울려 사는 모습이 있게 마련이다. '사람이 서로 무리지어 어울려 사는 즐거움'은 바로 친구들의 찾아듦일 것이다. 덕 있는 인간의 윤리와 덕이 있는 정치도 여기서 성립한다.

사람은 남들의 이목에 이끌려 살기 쉽다. 다시 말하면 남에게 인정받고 싶은 것이다. 그러나 인정받지 못하면 서운하고 불만이 생겨 화가 나게 마련이다. 남이 알아주지 않더라도 불만스럽게 여기지 않는다는 것은, 남의 이목 때문이 아니라 '자신을 위해서', '마땅히 해야 할 일', '가치 있는 일' 그 자체를 자신이 진정으로 원해서 함을 말한다.

하지만 그것은 누구나 가능한 것이 아니다. 그것을 초연히 해낼 수 있는 사람은 바로 '사람이 사람으로서 해야 할 가치를 추구하고 실현하는 인간'인 군자(君子)인 것이다.

한편 순자(荀子)는 악한 본성을 방치하면 사회질서가 혼란해지므로 학습을 통해 악한 본성을 교화시켜야 한다고 주장했다.

'누구나 악한 본성을 올바른 길로 교화시키는 능력을 갖고 있으며 노력만 하면 훌륭한 인간이 될 수 있다. 그러기 위해서는 학습이 필요하다.'

'비록 본성이 악하더라도 노력만 기울이면 훌륭한 인간이 될 수 있다.'고 생각한 순자는 학습을 통한 교화를 중시했다. 청출어람(靑出於藍)이라는 말은 순자에서 유래되었다. 쪽이라는 풀에서 나오는 청색 물감이 쪽빛보다 더 푸르다. 얼음은 물로 만들어졌지만 물보다 더 차다. 재목은 먹줄을 따라 잘라야 곧게 잘리고, 쇠는 숫돌에 갈아야 날카로워진다. 사람도 이와 같이 매일 반성하고 학습을 해야 지혜가 쌓여 잘못된 길로 빠지지 않는다고 설명했다.

명심보감(明心寶鑑)에서도 아래와 같이 학습의 중요성이 강조되고 있다.

집이 가난하더라도 가난한 걸로 인하여 학문을 폐해선 안 되고,

집이 부유하더라도 부유한 것을 믿고 학문을 게을리 해선

안 된다.

가난한 자가 만약 부지런히 배운다면 몸을 세울 수 있을 것

이요,

부유한 자가 만약 부지런히 배운다면 이름이 빛날 것이다.

오직 배운 자가 현달(顯達)한 것을 보았으며,

배운 사람으로서 성취(成就)하지 못하는 것은 보지 못했다.

배움이란 곧 몸의 보배요, 배운 사람이란 곧 세상의 보배다.

그러므로 배우면 군자가 되고, 배우지 않으면 소인이 된다.

후에 배우는 자는 마땅히 각각 힘쓸 것이니라.

현대의 의미의 군자는 '학습을 통한 리더십 기반구축'을 이름으로써 진정한 리더로 거듭나는 것과 같다. 어떤 일이든지 기반을 다지는 것은 매우 중요하다. 아무리 외형적인 성장을 이루었다 할지라도 기초와 기반이 다져지지 않은 리더와 조직은 한 순간에 무너져버릴 수 있다.

리더십의 기반을 갖추기 위한 학습은 첫째, 단기간의 노력이나 임시방편으로 하는 것이 아니라 지속적으로 학습을 실천하고 생활화해야 한다. 학습은 리더다운 리더가 되기 위한 가

장 기본적이며 필수적인 요소이다. 학습을 통한 지식의 축적은 조직을 이끌어나가는 데 있어서 결정적인 역할을 한다. 이때 쌓여진 지식은 리더십의 최대 자본이자 힘이 된다.

둘째, 리더십은 실천의 학문이라는 점에서 학습의 중요성이 강조된다. 그러므로 '학습을 통한 리더십 기반구축'을 바탕으로 한 리더십의 실천은 진정한 리더십 발휘의 기반이라고 할 수 있다. 이때 주의할 점은 학습의 목표가 없을 경우 그 학습은 리더십 발휘에 아무런 힘도 실어주지 못한다는 것이다.

셋째, 학습에 뜻을 세운 사람은 목표를 높게 세워야 한다. 목표를 낮게 세운 뒤에 그것을 달성했다고 만족해서는 안 된다. 목표를 낮게 잡으면 이루기 쉽고, 쉽게 목표를 이루면 발전이 없다. 낮은 목표에 만족하는 사람은 아직 모르는 것이 많은 데도 이미 다 알고 있다고 생각하고, 아직 배우지 못한 것이 많은데도 이미 다 배웠다고 생각한다.

넷째, 근사록(近思錄)에 '배우지 않으면 빨리 늙고 쇠약해진다'라는 말이 있다. 평생학습을 게을리하면 리더의 능력 저하로 리더의 생명이 짧아질 뿐만 아니라 우리주변을 둘러보면 정년퇴직이나 다른 이유로 일을 그만둔 뒤에 급격하게 늙는 사람이 있다. 이는 학습의 욕구를 잃어서 나타나는 현상일 때가 많다. 리더십 유지와 더불어 늙고 쇠약해지지 않기 위해서라도 '인생은 죽을 때까지 배워야 한다'라는 의미를 잘 새겨야 한다.

현대는 말 그대로 지식 사회이며 필요한 지식의 유효성이 짧아진다고 하는 것은 끊임없이 다시 배울 필요가 있다는 것을 의미한다. 고 피터 드러커 박사의 키워드 중 하나인 재학습과 낡은 지식을 버린다는 의미의 탈학습이 더욱 중요한 의미를 갖는다.

학습에 있어서도 이미 쓸모없게 된 것은 과감하게 버리며, 새롭고 좋은 것은 배워야 한다. 이렇게 끊임없이 배우는 '학습하는 조직'을 도입하여, 기업이 얼마만큼 '학습 센터'가 될 수 있는지, 혹은 학습 조직으로서의 환경을 창조할 수 있는지 하는 것이 최종적인 경쟁력이 된다. 이러한 학습력과 지식력이야말로 기업 경쟁력의 진정한 근원이라는 피터 드러커 박사의 주장은 충분히 음미할 필요가 있다.

11
어떻게 리더가 될 것인가

1. 목표를 명확히 하라

　박정희, 이순신, 세종대왕 등 역사적으로 위대한 리더는 청소년 시절부터 아름다운 꿈과 희망, 비전이 가득 담긴 인생목표를 가진 인물들이다. 이러한 리더들은 자신만의 인생목표를 향해 정진함으로써 위대한 리더가 되었다.

　나침반 없이 항해를 할 수 없듯이 비전 없는 삶, 인생목표 없는 삶에서는 리더다운 리더가 되기가 어려울 뿐만 아니라 인생의 보람, 활력, 행복도 있을 수 없다. 인생목표를 향해 최선의 노력을 다하는 정신과 자세로 정진할 때 행복한 삶은 물론 최고의 리더가 될 수 있다.

미국의 심리학자인 미하이 칙센트 미하이는 자신의 저서 〈몰입의 즐거움〉에서 명확한 목표가 주어져 있고, 활동의 효과를 곧바로 확인할 수 있으며, 과제의 난이도와 실력이 알맞게 균형을 이루고 있다면 누구나 어떤 활동에서도 몰입을 맛보면서 삶의 질을 끌어올릴 수 있다고 적었다. 사람이 가장 행복할 때는 현재의 상황에 완전히 빠져 있는 몰입의 상태라 한다. 특히 빌 게이츠는 하버드 대학을 중퇴하면서 꿈의 목표를 계획한 것이 세상 모든 책상 위에 마이크로소프트를 놓겠다는 목표를 가진 결과 세계적으로 최고의 리더가 되었다.

우리나라 사람들의 인생목표를 보면 상류층은 체계적인 프로그램으로 문서화시킨 여러 가지의 목표가 있고, 중산층은 마음속으로 다짐한 목표가 있었다. 그러나 서민층과 빈민층의 인생목표보다는 하루를 어떻게 살고 있는지에 중요성을 두고 있고 인생목표가 없다고 볼 수 있다.

상류층은 문서화된 목표가 있으나 중산층은 마음속으로 목표가 있다는 것은 무슨 차이일까?

'나는 훗날 누군가 될 것입니다' 와 '나는 누군가 되어 무엇을 할 것입니다'의 차이점이 상류층과 중산층으로 나뉘는 것이다.

우리는 가끔 세상에 태어나서 단 한번 뿐인 소중한 나의 삶을 어떻게 살아야 하나? 등 자신의 미래에 대해 많은 생각과 고민을 할 때가 있다.

대부분의 선진국 청소년들은 청소년 시절에 자신의 적성에 맞는 자아정체성을 토대로 인생목표를 수립하고 정진하여 리더로서 성장하고 인생의 행복을 실현하고자 한다.

하지만 한국의 청소년들은 중·고등학교시절부터 목표를 대학진학을 설정하지만 대학교 학과를 선택할 때 자아정체성을 거의 고려치 않고, 대학 합격을 위해서 온갖 노력을 다하며 입학한 후에는 대학 공부에 소홀히 하여 인생의 황금시간을 낭비의 시간으로 보내며 자신의 적성을 제대로 이루지 못하며 허송세월을 보내고 만다.

인간은 누구나 소중한 삶을 즐겁고 행복한 삶이 되도록 해야할 의무와 책임과 권리가 있다. 바람이 부는 대로, 물에 물 탄 듯 아무런 주관과 방향도 없이 되는대로 살 수만은 없는 것이 인생이다.

우리나라 청소년, 대학생, 직장인들은 앞날을 설계하고 계획된 자기 인생목표가 없거나 있더라도 완전히 자의반 타의반으로 세우는 등, 타의에 의해서 소중한 자기 인생을 바람 부는 대로 맡기는 경우가 있다.

많은 사람들이 자기 인생을 남의 인생에 더부살이시켜 한 번 뿐인 인생을 실패와 불행한 삶으로 불행한 삶으로 마감하며 후회한다.

불혹을 넘긴 사람들이 애당초 자신이 원하던 길로 첫걸음을 시작하지 못한 것을 뒤돌아보며 후회하고, 청소년 및 대학시절에 공부에 소홀히 한 것과 중간에 힘들다는 이유로 그 일을 포기했던 것도 후회되고, 또한 본인의 의사와는 상관없이 타의에 의해서 좌절된 것도 돌이켜 생각해보면 후회된다는 것이다.

젊은 시절 남보다 빨리 정상에 오르고 싶은 과욕으로 일을 하면서도 순리대로 풀어가지 않으며 기본을 무시하고 뛰어넘고, 그 후에는 일하는 것마다 부딪히고 걸림돌이 되는 어쩔 수 없는 상황이 전개된다.

인생이란 젊은 시기에 자신의 정체성에 따라 내 스스로 인생 목표를 수립하고 행동으로 실천하여 불혹을 넘기고 노년에 들어 후회하지 않을 자기의 인생을 가꾸어 나가야 한다. 젊은 시절 뜨거운 정열과 무한히 잠재하고 있는 자기만의 능력과 소질을 개발하여 인생목표를 세우고 땀 흘려 갈고 닦는 노력의 과정 속에 정진하여 행복한 자기인생을 가꾸어나가야 한다. 수백만의 경쟁을 뚫고 태어난 세상이다. 태어난 것만으로도 축복인 이 세상을 살면서 사회에 빛과 소금의 교류 역할을 할 수 있는 진정한 리더가 된다면 내가 이 세상에 온 사명과 소명을 다하는 것일게다.

2. 창의력 사고 다섯 단계

과거에는 노하우가 뛰어난 사람이나 기업이 주도권을 가진 시대였다. 또한 컴퓨터 시대에는 그 분야에 뛰어난 사람이나 기업이 주도권을 가지는 시대이다. 그리고 21세기의 미래 사회는 무엇보다 '창의력'이 뛰어난 사람이 주도권을 잡는 시대이다.

다음은 창의력 개발을 위한 5단계 제안이다.

제1단계, 문제를 정의하라

자신이 하고자 하는 문제에 대하여 왜? 왜? 왜?라고 세 번

자문하라. 그러면 자신의 문제가 무엇인지 명확해지고 문제의 범위가 확실해진다. 많은 사람들이 문제가 정확히 무엇인지를 파악하지도 않고 대충 그럴 것이다라는 선에서 접근하는 경우가 너무 많다. 문제를 정확히 알라.

제2단계, 철저히 공부하라

문제가 명확하게 정의되고 나면 그 다음 할 일은 문제 해결을 위한 정보를 수집하고 수집된 정보를 철저히 공부하라. 밤에 꿈을 꿀 정도로 철저히 하라.

제3단계, 까맣게 잊어버려라

원래 인큐베이션이란 닭이 알을 품고 부화를 기다리는 과정을 말한다. 무언가 창의적인 생각을 해 내기 위해서는 이제까지 철저히 공부한 그 모든 것을 마음속에 품고 아이디어를 숙성시키는 과정이 필요하다. 빙산은 수면 위가 전체의 8.3%이고 수면 아래에 91.7%가 잠겨 있다. 인간의 의식과 무의식의 비율도 그와 같다고 하겠다. 이 과정은 인간의 이 무의식의 능력을 활용하자는 것이다.

제4단계, 순간적으로 번쩍하는 것을 포착하라

벌거벗은 줄도 모른 채 목욕탕에서 뛰쳐나와 '유레카'를 외친 아르키메테스의 경우이다. 철저히 공부하고 까맣게 잊어버린 사람에게는 어느 날 문득 번쩍이며 영감이 떠오르는 법이다.

제5단계, 반짝인다고 모두 황금은 아니다

번쩍했다고 모두 좋은 것은 아니다. 경험에 비추어보면 100번 번쩍했는데 그 중 99%는 별 볼일 없는 것일 때가 대부분이었다. 이 마지막 단계는 번쩍한 아이디어가 과연 현실성이 있는지, 공상에 불과한 것인지를 판단하는 과정이다. 여기서 타당하다고 판단되면 물불 가리지 말고 밀어 붙이면 된다.

3. 멘토(Mentor)

　자신의 꿈으로 멘토를 끌어들여라. 요즘 사회적으로 멘토에 대한 관심이 높다. 단순한 인간관계보다는 구체적인 인간관계를 원하는 것 때문이다.

　멘토라는 말의 기원은 그리스 신화에서 비롯된다. 고대 그리스의 이타이카 왕국의 왕인 오디세우스가 트로이 전쟁을 떠나며 자신의 아들인 텔레마코스를 보살펴달라고 친구에게 맡겼는데, 그 친구의 이름이 바로 멘토였다.

　그는 오디세우스가 전쟁에서 돌아오기까지 텔레마코스의 친구, 선생님, 상담자, 때로는 아버지가 되어 친구의 아들을 잘 돌보아주었다. 그 후로 멘토라는 그의 이름은 지혜와 신뢰로 한 사람의 인생을 이끌어주는 지도자라는 의미로 사용되었다고 한다.

이러한 멘토링은 요즘 기업에서도 활발히 사용되고 있는데, 회사나 업무에 대한 풍부한 경험과 전문지식을 갖고 있는 사람이 일대일로 전담하여 구성원 혹은 멘티(Mentee)를 지도, 조언, 육성하여 실력과 잠재력을 개발, 성장시키는 활동이라 할 수 있다.

우리나라의 경우 '후견인제도'가 멘토링제도의 번역이라고 보면 정확하다. 멘토링제도는 조직차원에서 지식이전, 회사의 핵심가치나 조직문화의 강화, 인재육성의 효과를 가져 온다.

멘토가 될 자질이 있는 사람들은 스스로 멘토가 되기를 원한다. 멘토는 다른 사람들이 자신이 걸었던 성공의 길을 반대로 향하고 있을 때, 혹은 자신이 실패했던 길을 똑같이 아끼는 사람이 선택하고자 할 때 마음이 저려온다. 그래서 멘토는 스스로 멘토가 되고 싶어 한다.

멘토를 자신의 꿈으로 끌어들이면 꿈을 이루기가 훨씬 쉬워진다. 나를 위한 조언과 가르침을 주는 사람만큼 든든한 후원

자가 없기 때문이다. 그리고 무엇보다 믿음직스러운 동지를 얻음으로써 정신적으로도 긍정적인 효과를 얻을 수 있다. 멘토는 당신의 꿈을 이루기 위한 든든한 협력자가 될 것이다.

　-오프라윈프리

　그는 1954년 1월 29일에 태어났고, 미국의 유명한 흑인 방송인이다. 본인의 이름을 내건 '오프라윈프리 쇼'는 세계적으로 유명한 프로그램이다. 또한 버락 오바마의 열렬한 지지자이기도 했다. 그녀는 20세기의 가장 부자인 흑인계 미국인으로 꼽혔고, 미국의 상위 자선가들 중 첫 번째 흑인계 미국인이며, 세계에서 유일한 흑인 억만장자이다.

　그녀는 세계에서 가장 영향력 있는 여성이라고도 불려진다.

　윈프리는 시골인 미시시피주에서 사생아로 태어났다. 그녀는 어린 시절 상당한 고난을 겪어야 했다. 9살 때 사촌에게 성폭행을 당하고 14살에 미혼모가 되었고, 그녀의 아들이 2주후에 죽는 고통을 겪었다. 그녀는 테네시주에 이발사인 아버지와 함께 살기 위해 보내졌다.

그 후 그녀는 고등학교 때 라디오프로에서 일을 얻었고, 19살에 지역의 저녁뉴스의 공동 뉴스 캐스터를 시작했다. 그녀의 즉흥적 감정 전달 덕분에 그녀의 활동무대는 낮 시간대의 토크쇼로 옮겨졌다.

그녀가 시카코의 삼류 지역 토크쇼를 최고의 자리로 끌어올리자 그녀는 자신의 제작회사를 설립했다. 친숙한 고백적 형태의 미디어 커뮤니케이션을 만들어낸 것에 신용을 얻으면서 그녀는 토크쇼 장르를 대중화 시키고 큰 변화를 일으켰다.

오프라윈프리 쇼에는 수많은 게스트들이 나왔다. 1986년도 방송을 시작하고, 최고의 토크쇼가 되면서 세계 각국의 탑 스타들도 나왔고, 가장 좋았던 건 특별한 사연이 있는 일반인이 나와서 멘토라고 자청하는 오프라에게 고백하고 털어놓는 그러한 공간이 만들어졌다. 비록, 미국이라는 곳의 정서가 우리나라와 조금 다른 건 사실이지만 게스트들은 성형중독에서부터 커밍아웃까지, 정말 그 누구에게도 털어놓을 수 없었던 속마음을 토크쇼에서 털어놓게 된다. 이것에 대해서 어떠한 편견도 가지지 않고 따뜻한 마음으로 바라봐 주는 오프라의 진심이 화면을 통해서 느껴지기 때문에 방청객들로부터 그리고 TV를 보고 있는 사람들 눈에도 눈물을 맺히게 한다.

하나의 토크쇼, 그리고 이제는 거대한 제작회사까지. 흑인계 미국인이라는 고정관념을 벗고 이렇게 명예로운 자리까지 올라올 수 있었던 건, 물론 운도 있었지만, 그녀는 1%의 운과 99%의 노력으로 이 자리까지 올라왔을 거라고.

〈오프라윈프리의 리더십 비결〉

● **팀워크**

위대한 리더들은 혼자서 거대한 조직을 이끌 수 없다는 사실을 잘 알고 있다. 윈프리는 전략적으로 인재를 등용하고 자신이 신뢰하는 이들의 능력을 전폭적으로 지지했다. 똑똑한 프로듀서와 매니저로 하여금 자신의 성공을 뒷받침하도록 한 것이다. 리즈 돌란 최고의 마케팅책임자(CMO)와 자산관리 전문가인 수즈 오먼 박사가 대표적이다.

● **인맥**

윈프리는 초창기에는 주로 업계 관계자들을 멘토로 삼았다.

윈프리의 전기를 쓴 키티 켈리는 오프라가 초기에 성공을 거둘 수 있었던 비결로 제프 제이콤 변호사와의 오랜 파트너십을 꼽았다.

하지만 고구마줄기처럼 엮인 그의 인맥에는 영화배우 줄리아 로버츠에서 버락 오바마 미국 대통령까지 다양한 인사들이 포진돼 있다.

●비전

포브스는 위대한 리더는 조직을 위한 꿈을 꾸는 게 아니라 지속적으로 자신의 비전을 제시하며 팀을 고무시켜야 한다고 강조했다.

스캇 테스타 미국 필라델피아대 경영학교수는 윈프리에 대해 직원들에게 동기를 부여하는 데 탁월한 능력이 있다고 평가했다.

●신뢰

리더들은 자신의 팀뿐만 아니라 사회적으로 신뢰를 얻어야 한다.

●

윈프리는 자기계발, 긍정적인 삶, 기부에 앞장서며 사회적 신망을 얻었다. 테스타 교수는 "오프라는 자신의 부(富)를 세계와 나누면서 백만장자가 됐다"고 말했다.

그는 오프라윈프리재단을 통해 아프리카에 학교를 세우는 한편, 관객들과 함께 '엔젤 네트워크(Oprah's Angel Network)'를 세우기도 했다.

●포부

리더는 사업이 한 단계 더 나아갈 수 있도록 충분히 큰 꿈을 가져야 한다. 윈프리는 무일푼으로 시작했지만 언제나 자기 자신을 도약의 발판으로 삼았다.

포브스는 윈프리가 언제나 자신의 꿈을 이루기 위해 능력과 자신감을 키우는 데 집중했다고 평가했다.

●브랜드

오프라윈프리는 하나의 브랜드다. 그의 이름이 붙은 토크쇼 '오프라윈프리 쇼'가 대표적이다. TV를 통해 탄생한 그의 브랜드는 라디오·영화·잡지·자선단체로 확산된 데 이어 그 후

방송사로 줄기를 뻗게 됐다.

포브스는 윈프리가 자신만의 전략적인 브랜드 확장을 통해 거물로 거듭났다고 강조했다.

●담금질

오프라는 끊임없이 자기혁신을 추구했고 실수한 경험으로부터 뭔가를 배우려고 노력했다.

'오프라윈프리 성공으로 이끈 40가지 성공 법칙'의 저자인 워런 캐셀은 "오프라는 자신의 실수를 통해 얻은 교훈을 통해 자신을 용서하고, 계속 앞으로 나아갔다"고 말했다.

●고객 · 관심 · 보상

윈프리는 자동차 · 텔레비전 · 여행권 등의 선물을 통해 시청자들에게 지속적으로 고마움을 표시했다. 이로써 그는 자기 브랜드에 대한 집중도를 높였다. 직원들에게도 마찬가지였다.

윈프리는 직원들에게 직접 크리스마스 선물을 전달했는가 하면 사소한 일에도 칭찬하고 휴가를 주는 데도 인색하지 않았다.

●

4. 대나무의 교훈

대나무는 종자를 심고 몇 년이 지나도 순이 잘 나오지 않는다. 1년 그리고 또 한해를 몇 년 세월을 공들여도 좀처럼 움이 트지 않는다. 그렇게 심어놓은 사람을 정말 애타게만 한다. 그러나 세월이 지나 5년째가 되는 해에 그렇게 기다리던 순이 돋기 시작한다. 그런데 더욱 놀라운 것은 그 순이 나온 날로부터 한 달 반이란 짧은 시간에 그 크기가 무려 90피트나 자란다는 것이다. 경이적이라 할 수 있는 성장이다.

자라는 것이 눈에 보일 정도로 정말 힘차게 성장하는 것이다.

그렇다면 이 대나무를 키우는 데는 과연 얼마의 노력이 필요했을까? 순이 돋고 나서부터 시작이라 볼 수 있으니 한 달 반 만에 이만큼 성장했다고 볼 수도 있을 것이다. 그러나 그렇게 볼 수는 없다. 그것은 이미 5~6년 전에 심고 기다린 결과이기도 하다. 우리는 인생을 살아가면서 대나무에서 귀한 교훈을 얻어야 할 것이다. 대나무가 성장하는 이치나 사람이 성장하는 이치, 혹은 기업이 성장하는 이치가 이와 같다.

믿음을 가지고 오늘을 열심히 투자하면서 인내와 끈기로서 한 우물을 파면서 내실을 키운다면 지나간 한 해의 실패나 고통은 결코 짐이 될 수 없다. 일단 꽃을 피우면 대단히 큰 봉우리를 터뜨릴 테니까 말이다.

성공을 믿는 사람은 떠오르는 태양을 보면서 언제나 새롭게 시작할 수 있는 사람이다.

히로나카 헤이스케 박사는 교코대 수학과를 졸업하고 하버드대 수학 박사가 되었다. 그는 또한 1970년에 Fields Medal 상을 수상했다. 당시 그의 나이는 40세였다. 그때 한 기자가 그에게 수상 소감을 묻자, "나를 가리켜서 재주가 뛰어나다 라든가 두뇌가 명석하다고 말해 주시는 것은 대단히 고맙지만 그것은 사실이 아닙니다. 히로나카 헤이스케는 뛰어난 노력가일 뿐입니다."라고 대답했다.

성공하는 리더들은 착한 아기로서 잘 배우며 또 노력하는 사람이다. 지금 당신도 메모지에 당신의 5년 뒤 비전을 적어 보자.

비전이란, 문서화하지 않은 목표는 행동으로 옮겨지지 않는다.

5년 뒤 나의 비전?

5년간의 준비사항?

5. 도전을 두려워하지 말라

　인생은 도전의 연속이다. 도전이란 보다 나은 수준에 승부를 거는 것으로 도전은 강인한 추진력을 나타낸다. 즉, 실패를 두려워하지 말라는 것이다. 당신은 기억할 수 있을지 모르지만, 당신은 얼마나 많은 실패를 한 사람인가? 처음 걸음마를 시작할 때부터 당신은 셀 수도 없이 넘어지지 않았는가?

　베이브 루스는 그가 714개의 홈런을 쳤지만 그는 1330번의 스트라이크 삼진을 당했음을 기억해야 한다. 그가 삼진아웃을 당할 때마다 그는 그 좌절감을 이기려고 더욱 더 열심히 도전했을 것이다. 당신은 성공을 원하는가? 그렇다면 실패를 두려워하지 말아야한다. 도전은 성공을 위해 필수적인 것이다.

도전하지 않는 것에 성공이란 있을 수 없다. 도전하면 50대 50의 승부수가 있다. 인생을 살면서 50%의 승률은 매우 높은 것이다. 이렇게 높은 승률을 우리 스스로가 포기한다면 당신은 이미 패배자가 된 것이다. 도전하고 실패를 당했다고 해도 실패는 우리의 삶을 구렁텅이로 만들거나 모든 것을 잃게 하지 않는다. 단지 실패했다는 사실이 두려운 것이다. 그러나 실패도 내가 인생을 살아가는데 중요한 경험이 된다면 도전은 최악의 실패를 경험할 기회를 주는 것이다. 그러나 도전하지 않으면 실패할 경험마저 우리는 저버리고 마는 것이다.

또 한 예를 들어보자. 토마스 에디슨은 수도 없이 많은 실패 속에서 성공을 하였다. 그는 1,000종 이상을 발명했지만 그 많은 발명을 위해서 수백만 번의 실패를 거듭한 결과 성공의 결실을 보게 되었다. 에디슨은 우리가 편리하게 사용하고 있는 전구를 완성하기 위해 몇 천 번이나 실패를 했다. 어느 날 에디슨의 친구가 " 자네는 실패를 1만 번 되풀이할 작정인가?"라고 물었다. 그러자 에디슨은 "나는 실패를 거듭한 게 아니야. 그 동안 전구를 발명하지 않는 법을 9,900번 발견했을 뿐이야."

라고 대답했다. 그리고 에디슨은 하루 16시간 동안 일을 하였다. 그는 자기가 남보다 유별난 체질이 아니라, 다른 사람들이 게으르다고 생각하였다.

그는 사람들이 짧은 인생의 귀중한 시간을 너무나 많은 수면의 시간으로 낭비를 하고 있다고 안타까워했다. 또한 그는 시간을 아끼기 위해 극히 작은 양의 식사를 섭취했으며, 다른 사람에게도 식사시간을 줄이도록 권유까지 했다. 에디슨은 84세 생애 동안 무려 1천93개의 발명품을 남겼으며, 그가 기록한 아이디어 노트는 무려 3천4백 권이나 된다. 그에게는 좌절이란 없었다. 그는 최악의 상황에서도 자신의 도전의지를 불살라 다시 재기하는데 성공하였다. 그가 남긴 말 중에 "천재란 99%가 땀이며, 나머지 1%가 영감이다"라는 명언이 있다.

사람들은 성공한 사람들을 보면 그 사람이 매우 특이한 사람이기 때문에 성공했거나 운이 매우 좋아서 하는 일마다 다 잘되어 성공했다라고 생각하는 경향이 많다. 그러나 실제로는 그러하지 않다. 운이라는 글자를 뒤집으면 공이 된다. 운도 공이다. 성공한 사람들은 실패를 해봤기 때문에 끊임없이 도전해서 성공한 경우이다.

성공을 위한 도전을 하려면 첫째, 도전의 중요성을 알아야
한다. 둘째, 도전하는 사람들의 특성을 알아야 한다. 셋째, 도
전에 따른 자신의 실천 전략을 세워야 한다.

6. 호텔 왕 콘래드 힐튼의 성공비결

　벨보이로 호텔 일을 시작해 전 세계에 250개가 넘는 호텔을 세운 호텔 왕 콘래드 힐튼은 "노력이나 재능보다 훨씬 중요한 것은 성공을 꿈꾸는 능력이다."라고 말했다. 꿈이 작으면 노력이 없고 노력이 없으면 습관도 생기지 않아 성공과도 멀어진다. 힐튼이 밝히는 성공 비결은 자신의 미래를 끊임없이 반복해 상상하는 것이다.

　"내가 호텔 종업원으로 일할 때 나보다 뛰어난 사람은 얼마든지 있었어요. 하지만 그들은 나처럼 하루도 빠짐없이 자신의 미래를 생생하게 그리지는 않았어요."

가난한 행상의 아들로 태어난 소년 콘래드 힐튼은 어려서부터 정해진 거처 없이 이곳저곳을 떠돌며 생활했다. 어렵게 호텔 벨보이로 취직한 그는 마음속에 큰 뜻을 품었고 단 하루도 그 꿈을 잊지 않았다. 그는 가장 큰 호텔의 사진을 구해두고 그 호텔의 사장이 된 자신을 날마다 상상했다.

힐튼이 기자들과 함께 호텔 건설 현장을 방문할 기회가 있었다. 기자들은 힐튼에게 호텔 왕으로 성공한 비결에 대해 물어보았다. 그러자 그는 바로 옆에 놓인 쇠막대기 하나를 집어 들었다.

"이 쇠막대기 값은 5달러 정도 할 겁니다. 그러나 이 쇠막대기를 불에 달궈 망치로 두드려 말발굽을 만들면 10달러 50센트를 벌 수 있을 것입니다. 좀 더 세밀하게 가공해 정교한 바늘을 여러 개 만든다면 3,250달러를 벌 수 있겠지요. 스위스 명품 시계에 들어갈 스프링을 만들면 250만 달러를 벌 수 있지요. 제가 고향 그리스에서 취직하기 위해 찾아간 곳은 건물 경비원이었습니다. 하지만 글을 모른다는 이유로 퇴짜를 맞았습니다. 제가 그때 글을 알았더라면 저는 아직도 경비원으로 일하고 있겠지요. 주어진 환경은 성공을 가져다주지 못합니다.

오직 행동만이 성공을 가져다 줄 뿐입니다.”

똑같은 쇠막대기를 어떻게 활용하느냐에 따라 그 부가가치는 확연히 달라진다.

빌 게이츠에게 세계적인 부자가 된 비밀을 묻는 질문에 그의 대답은 의외로 간단했다. 날마다 자신에게 두 가지 최면을 거는 것이었다. ‘오늘은 왠지 큰 행운이 있을 것 같다.’ ‘나는 무엇이든지 할 수 있다.’ 이 두 가지가 그것이다.

둘 다 긍정적인 최면이다. 이것으로 보아 빌 게이츠에게 중요한 것은 자기 자신에 대한 생각 그 자체다. 생각이 바뀌면 행동이 바뀌고 행동이 바뀌면 결과도 바뀌게 되어 있다. 광고 문구처럼 생각대로 하면 진짜 그렇게 되는 것이다.

7. J하비스의 승자와 패자

어느 누구든 패자는 '예'와 '아니오'를 적당히 말한다. 하지만 승자는 '예'와 '아니오'를 분명히 말한다.

- 패자는 허겁지겁 일하고, 빈둥빈둥 놀고, 흐지부지 쉰다. 그러나 승자는 열심히 일하고, 열심히 놀고, 열심히 쉰다.
- 패자는 이기는 것도 은근히 염려하지만, 승자는 지는 것도 두려워 않는다.
- 패자는 구름 속의 비를 보지만, 승자는 구름위의 태양을 본다.
- 패자는 돈에 끌려 다닌다. 승자는 돈을 끌고 다닌다.

- 패자는 해봐야 별수 없다고 한다. 승자는 다시 해보자고 한다.
- 패자는 욕심으로 움직이지만, 승자는 꿈을 위하여 움직인다.
- 패자는 날이 밝기를 기다린다. 승자는 새벽을 깨운다.
- 패자는 실패를 후회한다. 승자는 실패를 거름으로 여긴다.
- 패자는 자기보다 약한 사람을 만나면 곧 지배자가 된다. 승자는 자기보다 약한 사람을 만나면 곧 친구가 된다.
- 패자는 말로 행동을 변명한다. 승자는 행동으로 말을 증명한다.
- 패자는 임기응변에 강하다. 승자는 정공법에 강하다.
- 패자는 자기보다 강한 사람을 만나면 질투심으로 그의 약점을 찾기에 바쁘다. 승자는 자기보다 강한 사람을 만나면 존경심으로 그의 장점을 찾기에 바쁘다.
- 패자는 혀를 바친다. 승자는 몸을 바친다.
- 패자는 길은 하나라고 한다. 승자는 다른 길도 있다고 한다.
- 패자는 눈이 녹기를 기다린다. 승자는 눈 위에 길을 낸다.
- 패자는 문제 주위를 맴돈다. 승자는 문제 속으로 뛰어든다.

● 패자는 다음에 하자고 한다. 승자는 지금 하자고 한다.

● 패자는 갈수록 태산이라고 한다. 승자는 태산 아래 천하가 있다고 한다.

● 패자는 너 때문이라고 한다. 승자는 나 때문이라고 한다.

● 패자는 노인에게도 사과하지 못한다. 승자는 어린아이에게도 사과한다.

● 패자는 늘 바쁘다고 한다. 승자는 늘 여유롭다.

● 패자는 남의 눈을 의식한다. 승자는 이것이 옳은 일인가를 의식한다.

● 패자는 자기 말을 들으라고 한다. 승자는 남의 말을 들으려고 한다.

● 패자는 받은 만큼 준다. 승자는 기대 이상을 준다.

● 패자는 대책 없이 비판한다. 승자는 비판 없이 대책을 말한다.

● 패자는 적당히 일한다. 승자는 철저히 일한다.

● 패자는 소탐대실 한다. 승자는 대탐소실 한다.

승자와 패자에 대한 하비스의 경구가 우리를 깨어나게 한

다. 여러분은 어떤가? 리더의 길에 들어선 사람이라면 반드시
승자의 길로 가야 한다.

•

7. 정상으로 가는 길

● 정상으로 가는 첫걸음은 자신의 모습을 고치고, 치장하고, 향상시키나가는 것이다. 자신의 외모를 단정히 한다면 당신은 자신감을 가질 수 있다. 나이가 들어도 치장을 하면 밝고 젊은 미소를 간직할 수 있다.

● 정상으로 가는 첫걸음은 부정적 이미지를 주는 외모를 변화시키는 것이다. 외모를 변화시키는 것은 결국 당신의 내적인 이미지와 능력을 변화시키는 결과를 가져오는 것이다.

● 정상으로 가는 첫걸음은 당신의 부정적 이미지를 개선하는 것이다. 당신은 내적인 변화를 위하여 외적인 모습은 단정히 멋지게 가꾸어야 한다. 외모의 부정적 이미지를 개선한다는 것은 바로 내적으로 암약하고 있는 게으름, 우울증 등 부정적 요인들을 추방한다는 것이다.

● 외모는 자기 자신의 이미지는 물론 자기 자신이 현재 하고 있는 일이나 사업에도 영향을 미친다. 외모는 일을 하기 위한 태도이다. 그 태도가 진실하다면 그가 하고 있는 일도 진실 되게 처리할 수 있을 것이다. 정상으로 가기를 원한다면 그 첫걸음은 바로 자기 자신의 부정적 모습을 고치기 위하여 먼저 그 외모를 밝고, 단정하고, 깨끗하고, 아담하고, 고상하게 만들어 가는 것이다.

● 정상으로 가는 첫걸음은 웃음을 짓는 것이다. 내가 누군가에게 웃음을 지어 보이면 그 웃음은 돌려받는다. 만약 그 웃음을 돌려받지 못한다고 할지라도 세상에서 가장 가난한 사람은 웃음을 잃어버린 사람이란 사실을 알기에 당

신은 항상 기분 좋은 상태로 살 수 있기 때문이다.
 ─이선화 '하루에 3분이면 성공이 보인다'

우리가 가고자 하는 성공과 꿈의 길에 크고 작은 걸림돌이 돼 넘어지고 지치고 머뭇거리게 하는 것이 있다면 바로 실패와 두려움일 것이다.

팔다리가 없이 머리와 몸만 있으면서도 "나는 행복합니다."라는 강의로 전 세계에 희망을 전파하고 있는 닉부이치치. 그가 이런 말을 했다. "세상에서 가장 큰 장애는 두려움이다. 백번을 넘어지고 백번을 못 일어나더라도 백한 번째 도전해야 한다."

정말 놓치고 싶지 않은 나의 꿈, 나의 비전이 있다면 목숨을 담보로 산을 오르는 산악인처럼 그렇게 오르고 또 올라야 할 것이다. 오늘과 다른 내일을 원한다면 오늘과 다른 행동을 하여야 한다. 오늘 아무 행동도 하지 않는다면 아무것도 개선되지 않는다. 무언가 행동을 취하는 것이 더 위험해 보일수도 있다. 하지만 아무것도 하지 않는다면 더 큰 위험을 초래할 뿐이다.

이렇게 맛있는데 언젠가 일등하지 않겠느냐라고 외치는 모라면회사의 카피처럼 지금 당장 일등이 아니면 어떻겠는가? 지금당장 최고가 아니면 어떻겠는가? 반드시 이루고자 하는 비전과 매순간순간 최선을 다하는 열정으로 오늘에 임한다면 언젠가 일등이 되고 언젠가 최고가 되지 않겠는가? 지그시 눈을 감고 꿈이 이루어진 순간의 모습을 선명하게 그려보자. 저절로 미소가 지어지고 온몸에 힘이 생겨나지 않는가?

지금까지 차근차근 걸어왔다면 이제 마지막 한걸음을, 아직 내딛지 못한 걸음이라면 지금당장 힘차게 한걸음을 내딛자! 그리고 날자! 꿈이 있어 아름다운 당신의 한!걸!음! 지금이 바로! 지금이 그 순간! Dash-Timing이다.

꿈이 있어 아름다운
당신의 한걸음

초판 1쇄 – 2011년 4월 12일

지은이 : 이금옥
펴낸이 : 채주희
펴낸곳 : 엘맨출판사

서울시 마포구 신수동 448-6
출판등록 : 제10-1562호(1985.10.29)

전화 : 02-323-4060, 322-4477
팩스 : 02-323-6416
e-mail : elman1985@hanmail.net

잘못된 책은 바꾸어 드립니다.
무단 복제를 금합니다.

값 12,000원